दिव्या नेगी घई

दिव्या नेगी गई वाणिज्य में पीएचडी हैं। लगभग एक दशक तक स्कूल कॉलेज में बच्चों को पढ़ाने के बाद उन्हें अपने जीवन का असल मकसद क्लास रूम के बाहर युवाओं के साथ काम करने के रूप में मिला, जब इन्होंने युवाओं के जीवन को बेहतर बनाने के अपने लक्ष्य के लिए काम करने की ठान ली। इन्होंने अपना कॉलेज प्रवक्ता का रास्ता छोड़ दिया। इनका मानना है कि यदि हमें जीवन में सफल एवं खुश रहना है तो हमें अपने हर दिन को बेहतर बनाना होगा। युवाओं के साथ काम करने के लिए इन्होंने एक समाज सेवी संस्था यूथ रॉक्स फाउंडेशन की स्थापना की जिसमें युवाओं, उनके माता-पिता, शिक्षकों और समाज के दूसरे लोगों को साथ लेकर सभी के जीवन को बेहतर बनाने के लिए काम किया जाता है।

दिव्या देहरादून में अपने पति और तीन बच्चों के साथ रहती हैं।

ईमेल- drdivyaghai@gmail.com
फोन- +91-9897522897, 7017847023
वेबसाइट- www.youthrocks.in

छोड़ो मन की बातें

दिव्या नेगी घई

हिन्द युग्म
hindyugm.com
BLUE

ISBN : 978-93-87464-55-1

प्रकाशक :
हिन्द-युग्म ब्लू
201 बी, पॉकेट ए, मयूर विहार फ़ेस-2, दिल्ली-110091
मो.- 9873734046, 9968755908

मुद्रक : विकास कम्प्यूटर ऐंड प्रिंटर्स, दिल्ली-100032
भीतरी रेखांकनः आरती वर्मा
कला-निर्देशन : विजेंद्र एस विज

पहला संस्करण : 2019
मूल्य : ₹125 | $7

Chhodo Mann Ki Baatein
by *Divya Negi Ghai*

Published By
Hind Yugm Blue
201 B, Pocket A, Mayur Vihar Phase 2, Delhi-110091
Mob : 9873734046, 9968755908
Email : sampadak@hindyugm.com
Website : www.hindyugm.com

First Edition : 2019
Price : ₹125 | $7

हमारे तीन अनमोल रत्न
गुरु, गर्व और गौरव

दो शब्द

'मन' हमारे अंत:करण का वह अंश है जिससे हम अनुभव, इच्छा, बोध, विचार और संकल्प, विकल्प आदि करते हैं।

कहा जाता है कि 'मन के हारे हार है और मन के जीते जीत' इसलिए हमारा 'मन' बहुत महत्वपूर्ण है।

हमारे प्रधानमंत्री मोदी जी जब रेडियो पर 'मन की बात' करते हैं तो अपने अनुभव, देश के लिए उनके सपने और देशवासियों से उनकी अपेक्षाएँ व्यक्त करते हैं।

इस हिसाब से तो 'मन' की बातें सुनना बहुत जरूरी लगता है लेकिन यदि आप ध्यान दें तो जब हमारे आसपास के साधारण लोग 'मन' की बात करते हैं तो अक्सर यह सुनाई पड़ता है:

*कल एग्जाम तो है पर पता नहीं क्यों अभी पढ़ाई करने का मन नहीं कर रहा!

*डॉक्टर ने तो मना किया है लेकिन मेरा कुछ मीठा खाने का बहुत मन कर रहा है।

*इतनी ठंड में सुबह-सुबह उठने का मन बिल्कुल नहीं है मेरा!

*अरे यार, जॉगिंग कल से शुरू करूँगी आज मन नहीं है।

*प्रोजेक्ट की डेडलाइन सर पर आ गई है पर काम में मन ही नहीं लग रहा।

*मेरे मन मुताबिक बात करोगे तो मैं सुनूँगी वरना रहने दो!

*मेरा तो मन करता है कि बस सोती ही रहूँ।

*मुझे पता है मेरा टाइम वेस्ट हो रहा है पर फोन छोड़ने का मन ही नहीं करता।

यह सब सुनकर तो लगता है कि हमारा 'मन' ज्यादातर हमें नेगेटिव चीजों की तरफ खींचता है। मन अच्छी बातें भी बताता है, सही रास्ता भी दिखाता है पर क्योंकि वह सही रास्ता मुश्किल होता है तो हम तब अपने मन की बात नहीं सुनते। लेकिन जैसे ही मन बुरी चीजों की तरफ खींचता है हम तुरंत उसकी सुन लेते हैं और 'मन' का बहाना बनाकर उन सभी सही कामों को टालते रहते हैं जो हमें पता है कि हमें करने चाहिए।

इस किताब के जरिए मैं आप सभी से और खासकर युवाओं से अपील करती हूँ कि 'मन' के नाम पर बहाने बनाना छोड़िए और उस रास्ते पर चल पड़िए है जो आपका समझदार दिमाग आपको दिखा रहा है। 'मन' की बात सुनकर आप कुछ समय के लिए तो मजे ले लेंगे पर अपने जीवन में बहुत सारी जरूरी चीजें, जरूरी समय और कई सुनहरे अवसर खो देंगे। इसलिए छोड़िए मन की बातें और वही कीजिए जो आपके लिए सही है।

दिव्या नेगी घई

विषय-सूची

किताब से पहले की कहानी

महज कुछ साल पहले तक मैं एक खुशमिजाज और मस्त रहने वाली लड़की थी जो एक सुंदर शहर देहरादून में अपने छोटे-से परिवार के साथ मजे से समय गुजार रही थी। मैंने 'लड़की' इसलिए कहा, क्योंकि मुझे अंदर से यही फील होता है कि मैं अब भी वही, कॉलेज में पढ़ने वाली लड़की हूँ जिसको लाइफ में बहुत कुछ करना है। यह बात अलग है कि मैं तीन बच्चों की मम्मी हूँ और मम्मी वाली फील भी पूरी आती है लेकिन लड़की वाली

फील जाती भी नहीं!

खैर, मैं एक प्राइवेट कॉलेज में असिस्टेंट प्रोफेसर थी। मुझे ऐसा लगता था कि मेरे करियर का सपना पूरा हो गया है और मुझे अपनी मेहनत का फल भी मिल रहा था।

मेरी नौकरी सिंपल परंतु मजेदार थी और उसके साथ मैं अपने परिवार को भी समय दे पाती थी। हर दिन एक मजेदार अनुभव था, नए-नए सब्जे-क्ट, कभी वर्कशॉप तो कभी कोई कॉन्फ्रेंस या कभी कोई पेपर प्रेजेंटेशन। कुछ-न-कुछ नया होता ही रहता था और साथ ही नई-नई चीजें पढ़ाने में भी मजा आता था। मेरा परिवार और मेरा करियर आराम से साथ-साथ चल रहे थे। एक छोटे शहर की लड़की को और चाहिए ही क्या होता है!

मैं एक मिडिल क्लास फैमिली से हूँ जहाँ पढ़ाई को ही जिंदगी सँवारने का पासपोर्ट माना जाता है। 15 साल की सरकारी नौकरी और तीन बच्चों के बाद सन् 1981 में मेरे पापा ने आगे पढ़ने का मुश्किल फैसला लिया। अपना सपना पूरा करने के लिए उन्होंने बहुत मेहनत की और यूनिवर्सिटी ऑफ रुड़की (अब आइआइटी रुड़की) से एमई (मास्टर ऑफ इंजीनियरिंग) में गोल्ड मेडल हासिल किया। मेरी मम्मी भी पूरी तरह से घर और बच्चों को समर्पित थीं। मूल रूप से गाँव से होने पर भी, वह हमारी शिक्षा को लेकर बहुत सजग थीं।

स्कूल और पढ़ाई से जुड़ी हर बात हमारे घर में 'पवित्र' होती थी और हर चीज इसी के हिसाब से होती थी। हमारे मम्मी-पापा की जिंदगी भी हमारी पढ़ाई के इर्द-गिर्द ही घूमती थी। अपने पापा के नक्शे-कदम पर चलते हुए, हमसे भी यही उम्मीद थी कि हम बहुत मेहनत करेंगे, अच्छी तरह पढ़ेंगे और फिर एक बढ़िया करियर चुनेंगे।

मिडिल क्लास के बच्चों के सपनों का साइज अक्सर इतना ही होता है पर ये उम्मीद भी दूसरे लोग नहीं करते। ज्यादातर लोग तो ये उम्मीद करते हैं कि आप बस साधारण ही रहें। शायद इससे उन लोगों पर अच्छा करने का प्रेशर कम हो जाता है। पर हमारे घर में इसका उल्टा था, दूसरों की कामयाबी देखकर मेरे माता-पिता बहुत खुश होते थे। मुझे भी ऐसा ही

लगता है कि जब हमारे आस-पास के लोग अच्छा करते हैं तो ये उम्मीद जगती है कि हमारे साथ भी अच्छा-अच्छा होगा।

जब हम बड़े हो रहे थे तो हमारे घर में लड़का-लड़की में कभी कोई भेदभाव नहीं किया गया। मुझे नहीं याद पड़ता कि कभी हमारे इकलौते भाई को कोई खास चीज दी गई हो। जो भी होता था, एक सामान मिलता था। हमारा बचपन किताबों के इर्द-गिर्द ही गुजरा। हमारे घर में विज्ञान, राजनीति, इतिहास और लोगों की उपलब्धियों को लेकर बातें और बहसें होती थीं। हमने कभी अपने घर में बेटियों की शादी या शादी की सही उम्र जैसी बातें नहीं सुनीं। हमारे माता-पिता हमारे दोस्तों के माता-पिता से बहुत अलग थे। वे न तो कोई रूढ़िवादी बातें करते थे और न हम पर कभी कोई दकियानूसी बात मानने या काम करने के लिए जोर डालते थे।

मेरी बड़ी दीदी और भैया ने बहुत मेहनत की और सरकारी मेडिकल कॉलेजों में पढ़ाई कर क्रमशः नेत्र सर्जन और त्वचा रोग विशेषज्ञ बने। मैंने कुछ अलग करियर चुना और फाइनेंस में पीएचडी कर असिस्टेंट प्रोफेसर बनी। मेरी बस यही इच्छा थी। मैं सोचती थी कि ऐसा करने पर मैं बहुत खुश रहूँगी और मजे से अपनी लाइफ बिताऊँगी। पर हम जो सोचते हैं वैसा होता कहाँ है!

जब मेरा दिमाग घूम गया

10 साल स्कूल और कॉलेज में जमकर पढ़ाने के बाद मैं ब्रेक पर थी। जल्दी ही मेरी जॉइनिंग दूसरे कॉलेज में होने वाली थी लेकिन अचानक एहसास हुआ कि मैं यह नहीं करना चाहती थी। जैसे अचानक पढ़ाने की इच्छा ही खत्म हो गई हो। मेरे लिए तो मानो आसमान टूट पड़ा। मैं समझ ही नहीं पा रही थी कि मुझे क्या हो गया था, मुझे नहीं पता था कि मुझे ऐसा क्यों लग रहा है। मुझे अपना काम बहुत पसंद था। मुझे स्टूडेंट्स से भरी क्लास में जाना, उन्हें पढ़ाना और उन्हें प्रेरणा देना बहुत अच्छा लगता था। मैंने एक अच्छी टीचर बनने के लिए सालों मेहनत की थी, खुद को रोज

बेहतर करने के लिए दिन-रात एक किए थे पर अचानक सबकुछ बेमानी-सा हो गया। मुझे ऐसे लगा जैसे मैंने खुद को ही खो दिया।

अब सोचने पर लगता है कि वो एहसास मेरे लिए इतना दुखद था कि मैं सीधे दुख के चौथे पायदान पर पहुँच गई जिसे हम आमतौर पर डिप्रेशन कहते हैं। जब आप अपने काम को उतना प्यार करते हैं जितना मैं करती थी और अपने करियर के प्रति उतने फिक्रमंद रहते हैं जितना मैं रहती थी तो दिल में आने वाले ऐसे ख्याल आपको पूरी तरह तोड़ देते हैं और आगे कोई रास्ता नहीं दिखाई देता। मुझे समझ ही नहीं आ रहा था कि आखिर मुझे करना क्या है?

क्या मैं अपना करियर बदल लूँ?
क्या मैं कोई बिजनेस शुरू करूँ?
क्या मुझे अपनी जगह बदल लेनी चाहिए?
या मुझे बैठकर आराम करना चाहिए?
ऐसे न जाने कितने सवाल मेरे दिमाग में घूम रहे थे।

आजकल करियर बदलना कोई बड़ी बात नहीं है। बहुत सारे लोग ऐसा करते हैं। मैंने खुद कई लोगों को ऐसा करते देखा है। पर मुझे लग रहा था कि मेरा दिमाग ऐसी किसी नई चुनौती के लिए भी तैयार नहीं है। घर के जरूरी कामों के अलावा मैं दिनभर कुछ नहीं कर रही थी। मुझे समय का पता ही नहीं चलता था, मैंने लोगों से मिलना-जुलना भी छोड़ दिया था। यहाँ तक कि मैं अपनी करीबी दोस्तों से भी नहीं मिल रही थी। जो कोई मिल जाता और पूछ बैठता कि मैं 'आजकल क्या कर रही हूँ' तो मेरे पास उसके लिए एक आसान-सा जवाब था- ''मैं आजकल बच्चों को समय दे रही हूँ।'' चूँकि हमारे जुड़वाँ बेटे तब बहुत छोटे थे तो इस जवाब के आगे कोई कुछ पूछता ही नहीं था।

मैं क्वालिफाइड थी, मुझे अपने काम का लंबा तजुर्बा था और मैं अच्छा काम भी कर रही थी। खाली बैठने का मेरे पास कोई कारण नहीं था। मेरी दिमाग की 'गड़बड़ी' के अलावा मेरी लाइफ में सबकुछ सही था। मैंने

हमेशा अपने सारे काम बहुत सोच-समझकर, प्लानिंग के साथ किए थे इसलिए मेरे लिए यह एक अजीब-सी स्थिति थी। ऐसा लग रहा था मानो मेरा दिमाग ही कंट्रोल में नहीं है। मैं कॉलेज में पढ़ाना नहीं चाहती थी पर क्या करना चाहती थी, यह भी पता नहीं था।

टीचिंग करियर छोड़ने का फैसला खुद मेरे लिए बहुत बड़ा झटका था, क्योंकि यही मेरी पहचान थी। मेरे दिमाग में कई सारे सवाल थे-

अगर मैं कॉलेज की प्रोफेसर नहीं हूँ तो कौन हूँ?
कोई मुझसे पूछेगा कि आप क्या करती हैं तो मैं उन्हे क्या जवाब दूँगी?
अब मैं पैसे कैसे कमाऊँगी?
क्या मेरी सारी डिग्रियाँ बेकार हो गई हैं?

ऐसा लग रहा था जैसे मेरी सालों की मेहनत पर पानी फिर गया हो। एक सीधे-सादे और सोच-समझकर चुने गए करियर को छोड़ मेरा दिल-दिमाग किसी नए रास्ते पर चल पड़ा था। जिंदगी में पहली बार जैसे मेरा कोई मकसद नहीं था।

मैंने टीचिंग को इसलिए चुना था, क्योंकि मुझे लगता था कि इस करियर में मैं अपने व्यक्तिगत और व्यावसायिक दोनों तरह के सपने पूरे कर पाऊँगी। मेरी जिंदगी इस फैसले के हिसाब से सही चल रही थी और भगवान ने भी मेरा पूरा साथ दिया था। पर अब ऐसा लगने लगा जैसे अचानक सब उलट-पलट हो गया था।

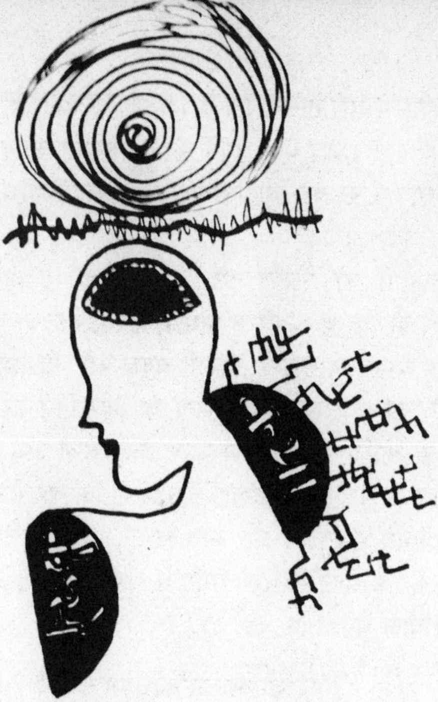

जब मुझे होश आया

मैंने पूरा एक साल इसी तरह परेशान गुजारा। मैं अपने मूल्यों, सिद्धांतों और सपनों के बीच उलझी रही। पर पता नहीं क्यों मैं ये सब बातें किसी और से नहीं कर पाई और बिना जवाबों के सवालों से खुद ही को परेशान करती रही। आखिरकार एक दिन मुझे लगा कि इस तरह खुद से लड़ने से कोई फायदा नहीं और मुझे खुद को समझकर इन मामलों से निपटना पड़ेगा। इसके लिए सबसे जरूरी था खुद को शांत करना ताकि मैं इन सारी बातों को एक निष्पक्ष तरीके से देखूँ, समझूँ और सुलझाऊँ।

मेरा हमेशा से यह मानना रहा है कि जो भी होता है उसके पीछे कोई कारण जरूर होता है। जब मैंने अपने मन की स्थिति को पूरी तरह से अपना लिया और भगवान पर पूरे विश्वास के साथ दोबारा सोचना शुरू किया तो फिर सबकुछ बदल गया।

अभी तक मैं जो सवाल खुद से पूछ रही थी अब वो गहरे और समझदारी भरे हो गए थे। अब मैं समझ गई थी कि जो कुछ भी मेरे साथ हो रहा है वह बेमतलब नहीं है, किसी बहुत बड़े बदलाव की तरफ इशारा है। बस मुझे उस बदलाव को समझना था और फिर उस पर काम करना था। दोबारा से कॉलेज में जॉब न करने का ख्याल अब मुझे परेशान नहीं कर रहा था। अब मुझे साफ दिखाई दे रहा था कि यह मेरे लिए एक मौका है खुद को दोबारा ढूँढ़ने का और साथ ही उन सारे सवालों के जवाब ढूँढ़ने का जो पिछले एक साल से मेरे दिमाग में घुमड़ रहे थे। अब मेरे दिमाग में बस दो ही सवाल थे–

मेरे जीवन का उद्‌देश्य क्या है?
मुझे इस उद्‌देश्य को कैसे पूरा करना है?

मेरे पास इन सवालों के जवाब नहीं थे पर मुझे यह जरूर पता था कि सारे जवाब मेरे अंदर ही हैं। मुझे बस गहराई में जाकर उनको ढूँढ़ना था। मैं अब भी बहुत कन्फ्यूज्ड थी पर अब मैंने इस नए, अनजाने सफर पर निकलने का फैसला कर लिया था।

मैं इतना ही समझ पा रही थी कि धीरे-धीरे मुझे अपने सारे सवालों के जवाब मिल जाएँगे। सो मुझे लगा कि शुरुआत अपने फेवरेट काम से करनी चाहिए इसलिए मैं पढ़ने के लिए अपनी स्टडी में एक अच्छी-सी किताब ढूँढ़ने लगी। तभी मेरी नजर अपनी पुरानी डायरियों पर पड़ी और उन्हें पलटते हुए मुझे याद आया कि मैं बड़ी होकर एक लेखक बनना चाहती थी। कई सालों तक मैंने उनमें अपने मन की बातें लिखी थीं। लेकिन जैसे-जैसे मैं बड़ी होती गई, मैं इन सारे सपनों को भूल गई। इन मन की बातों की जगह ध्यानपूर्वक लिखे गए रिसर्च पेपर्स ने ले ली। ऐसा इसलिए हुआ

था, क्योंकि मैंने दूसरों की तरह अपने लिए एक सीधा रास्ता चुन लिया था जिसमें एक अच्छी नौकरी, शादी और एक परिवार ही मेरे जीवन के लक्ष्य बन गए थे। अपने दिल और आत्मा की आवाज को सुनने के बजाय मैंने खुद को बेवकूफ बनाया कि मुझे वही करना चाहिए जो दूसरों की नजरों में सही है। धीरे-धीरे यह सोच कब मेरी सच्चाई बन गई, मुझे पता ही नहीं चला। पर अब मैं यह सब बदलना चाहती थी।

इस बार मैंने फैसला लिया कि मैं खुद की सुनूँगी और वही करूँगी जो मैं खुद करना चाहती हूँ। जब मैं दोबारा से लिखने बैठी तो वापस अपने स्कूल और कॉलेज के दौर में पहुँच गई। मुझे याद आने लगा कि कैसे मेरे दोस्त और कई अनजान लोग भी मुझसे बातें करते थे, और अपने सवालों के जवाब ढूँढ़ते थे और मैं कैसे उनकी बातें ध्यान से सुनकर उनको सही रास्ता दिखाने की कोशिश करती थी। मैं हमेशा से बहुत अच्छी श्रोता रही हूँ, उनसे बात करके उनकी परेशानी सुलझाने में मुझे बहुत सुकून मिलता था। शायद चीजों को निष्पक्ष तरीके से देखने और समझने की मेरी आदत ही मुझे सही रास्ता सुझा पाती थी। उसने मुझे लिखने में बहुत मदद की। मैं अपने जीवन और अपने अनुभवों के बारे में लिखने लगी। मैंने उन सारे कामों के बारे में लिखा जो मैंने किए और जो मैंने नहीं किए। वे सारे काम जो मुझे करने चाहिए थे, वे सारे काम जो मैं करना चाहती थी पर कर नहीं कर पाई और वे सारे सबक जो मैंने इन सारे अनुभवों से सीखे। एक साल तक मैं लगातार लिखती रही और फिर मैंने उन सारी बातों का सार बनाने की कोशिश की।

एक और छोटी-सी घटना है जिसने मेरे खयालों की दिशा ही बदल दी। यह तब हुई जब मैं यूँ ही बैठे-बैठे अपने बड़े बेटे से बात कर रही थी। मैं उसे पढ़ाई में लापरवाही न करने के लिए समझा रही थी। मैं उसे समझा रही थी कि अगर वह किताब खोलकर बैठा है लेकिन पढ़ नहीं रहा है तो बस खुद को ही बेवकूफ बना रहा है, न कि किसी और को।

उसके साथ बात करने के बाद जब मैंने इस बारे में सोचा तो मुझे एहसास हुआ कि मैं भी तो खुद को बेवकूफ बनाती रही हूँ। जब मैं इसके

बारे में गहराई से सोचने लगी तो मुझे एहसास हुआ कि खुद को बेवकूफ बनाते-बनाते मैं असल में खुद ही अपनी राह में रोड़ा बन रही थी। वे सारे काम जो मैं करना चाहती थी पर कर नहीं पाई थी, असल में उन सबकी जिम्मेदार मैं खुद ही थी। मैं अपनी इस बुरी आदत की वजह से सालों से खुद को नुकसान पहुँचा रही थी और हमेशा ऐसी चीजें चुनती रही जो आसान लगती थीं लेकिन दरअसल बाद में मेरा ही नुकसान करती थीं। यहाँ तक कि मैंने अपने बचपन का सपना केवल इसलिए छोड़ दिया था, क्योंकि वह मुझे एक आसान और सुरक्षित रास्ता नहीं लगा। मुझे एहसास हुआ कि अगर अब मैंने अपनी आँखें नहीं खोलीं तो शायद बहुत देर हो जाएगी।

जब मैंने अपने आसपास के लोगों को ध्यान से देखना शुरू किया तो वे सब यही करते दिखे। मुझे समझ आया कि हमारे विचार, मूल्य, सिद्धांत, हमारी पसंद-नापसंद और हमारे फैसले, सभी हमारी परवरिश और हमारे आस-पास के माहौल से बहुत ज्यादा प्रभावित होते हैं। दूसरों के दिए हुए विचार हमारी परवरिश के दौरान हमारे दिमाग के इतना अंदर घुस जाते हैं कि हम उन पर सवाल भी नहीं उठाते। हम बस जिंदगी ऐसे जीते जाते हैं जैसे यह कोई ड्रेस रिहर्सल चल रही हो और इसके खत्म होने पर हमारी असल जिंदगी शुरू होगी। हम इस तरह जीवन के बहाव में बहते चले जाते हैं कि घटनाएँ हमारे साथ होती रहती हैं जैसे कि हमारा उन पर कोई कंट्रोल ही न हो।

पर असल में सच्चाई यह है कि जहाँ तक हमें पता है, हमारे पास केवल यही एक जीवन है। और हमें इसी मौके का भरपूर फायदा उठाना है। हमें अपने दिमाग और शरीर को अपने कंट्रोल में रखना है और उनसे वही चीजें करवानी हैं जो हम करना चाहते हैं। हम बैठे-बैठे उम्मीद नहीं लगा सकते हैं कि हम जो चाहते हैं वह खुद-ब-खुद हमारे पास आ जाएगा।

एक और बात जो मुझे बहुत अजीब लगी वह यह थी कि हमें ये सारी बातें स्कूल और कॉलेज में नहीं बताई जातीं। हमारे माता-पिता जिंदगी की इन जरूरी बातों के बारे में कभी बात नहीं करते। हम केवल हिंदी, अँग्रेजी, मैथ्स, साइंस इत्यादि पढ़ने में लगे रहते हैं। जिंदगी की इन जरूरी बातों के

लिए हमें भगवान भरोसे छोड़ दिया जाता है और हमसे उम्मीद लगाई जाती है कि हम खुद ही समझदारी से सबकुछ समझ लें। पढ़ाई खत्म होते ही अचानक हमसे एक जिम्मेदार और दुनियादार इंसान बनने की अपेक्षा की जाती है। मुझे लगता है कि एक युवा जो अपने अनुभवों को समझ भी नहीं पाता और अपनी जिंदगी के फैसलों के लिए अपने करीबी दोस्तों पर निर्भर होता है, उससे इस समझदारी की उम्मीद लगाना बिल्कुल गलत है।

इन सारी बातों ने जीवन के प्रति मेरा नजरिया ही बदल दिया। मैं हर छोटी बात, हर बातचीत, हर विचार और हर इंसान को इस नई रोशनी में देखने लगी। मुझे समझ आ गया कि कैसे इस छोटे-से दिमागी बदलाव से हम अपनी लाइफ को बेहतर बना सकते हैं, चाहे हमारी उम्र और तजुर्बा कितना ही कम या ज्यादा हो। मुझे धीरे-धीरे अपनी जिंदगी का मकसद समझ आने लगा। वह मकसद क्लास में पढ़ाने से कहीं ज्यादा बड़ा था। मैंने खुद से वादा किया कि मैं इस विचार पर काम करूँगी और इसे एक ऐसा आंदोलन बनाने की कोशिश करूँगी जिसकी मंजिल खुश और सफल इंसान होंगे। ऐसे ही लोग मिलकर देश को एक खुश और सफल देश बना पाएँगे।

चाहे हमें बिजनेस में सफल होना हो या अपनी जॉब में, एक स्वस्थ शरीर चाहिए या गहरे रिश्ते, हम अमीर और मशहूर बनना चाहते हों या केवल खुश रहना, हमारा लक्ष्य चाहे कुछ भी हो उसके लिए हमें एक ही चीज करनी होगी- हमें जाग्रत होना होगा और खुद को बेवकूफ बनाना बंद करना होगा। जीतने वाले लोग दूसरों की तरह बहाने नहीं बनाते, वे लोग वह करते हैं जो उन्हें अपनी मंजिल पाने के लिए करना चाहिए। बाकी सब लोगों को भी सफल होने के लिए ऐसा ही करना चाहिए।

हर इंसान चैंपियन बनने की क्षमता रखता है और बनना भी चाहता है। हाँ, इस रास्ते पर बहुत कठिनाइयाँ आएँगी, हमसे गलतियाँ भी होंगी पर हमें उनसे सीखते जाना होगा और आगे बढ़ते जाना होगा, तभी हम अपनी मंजिल को पा सकते हैं।

मैं जानती हूँ कि शायद हर इंसान ऐसा न करना चाहे और अपने हाल

पर ही खुश रहे। पर मेरा विश्वास है कि ज्यादातर युवा इस आंदोलन में शामिल होना चाहेंगे और खुद को बेहतर बनाने की ओर पहला कदम जरूर बढ़ाएँगे।

संयुक्त राष्ट्र की 2014 की रिपोर्ट के अनुसार 2020 तक भारत सबसे युवा देश बन जाएगा। भारत में 10 से 24 वर्ष वालों की आबादी चीन और अमेरिका से भी ज्यादा होगी। ऐसे में यह और भी जरूरी हो जाता है कि हम अपनी इस युवा शक्ति पर रोज काम करें, तभी आने वाले सालों में हम अपने देश को एक खुश और समृद्ध देश बना पाएँगे।

खुद से खुद की पहचान

अगर तुम सच में कुछ करना चाहते हो तो तुम उसका रास्ता ढूँढ़ लोगे, और यदि नहीं करना चाहते तो तुम कोई-न-कोई बहाना ढूँढ़ लोगे।

– जिम रॉन

ऐसा तो हो ही नहीं सकता!
मैं यह नहीं कर सकता!
मेरी ऐसी किस्मत कहाँ!
मैं अच्छे स्कूल से पढ़ नहीं पाया।
मैं ज्यादा पढ़ नहीं पाया।
मेरे पास एक्सरसाइज का टाइम कहाँ?
मैं इतना स्मार्ट नहीं हूँ।
मेरे पास इतने पैसे नहीं हैं!
मैं मुँह में चाँदी का चम्मच लेकर पैदा नहीं हुआ!
इसमें बहुत रिस्क है!
इस काम में विफलता का खतरा है।
अभी तो मैं बहुत बिजी हूँ, बाद में देखूँगा।
ऐसा केवल पिक्चरों में होता है, असल जिंदगी में नहीं!
मैं और कर भी क्या सकता था? जो मेरे बस में था, मैंने कर दिया!
शायद किस्मत को यही मंजूर था!
अब मैं दोबारा कोशिश नहीं करने वाला!

ऐसे और इनके जैसे कितने ही वाक्य आपने कभी-न-कभी बोले होंगे।

जो हमें करना चाहिए उसे न करने के लिए हमारे पास कोई-न-कोई बहाना जरूर होता है। बल्कि ज्यादातर तो हमें यह भी पता होता है कि अपनी जिंदगी के दुख और असफलता के लिए हमें किसे दोष देना है। हमारे माता-पिता, भाई-बहन, टीचर, पति, पत्नी, दोस्त, रिश्तेदार, कोई अंकल या आंटी, हमारा बॉस या हमारे बच्चे या और कोई नहीं तो हमारी किस्मत- इनमें से एक या ज्यादा का हमारी जिंदगी की सारी परेशानियों में पूरा योगदान होता है। पर गलती हमारी कभी नहीं होती। चाहे हमारी जिंदगी में कुछ भी हो जाए, गलती किसी और की ही होती है।

एक और अजीब बात जो हमारी खासियत है, वह है हमारी झूठ बोलने

की पैदाइशी आदत। रोजमर्रा की बातों में हम झूठ का प्रयोग करते ही रहते हैं–

मेरी जिंदगी एकदम मस्त चल रही है। (जबकि हमें अच्छे से पता है हमारा हाल कितना बुरा है।)

मेरी नौकरी बड़ी अच्छी है। (जबकि असल में सोमवार के डर से कहीं भाग जाने को जी करता है।)

मैं मोटी नहीं हूँ। (जबकि आप फिट दिखने के लिए कोई भी कीमत देने को तैयार हैं।)

मेरी उम्र में वेट कम नहीं होता। (जबकि आपने.दूसरों का ऐसा करते देखा है।)

मैं तो सिगरेट कभी-कभी ही पीता हूँ। (जबकि आप दिन में कम-से-कम 20 सिगरेट तो पी ही लेते हैं।)

अजी, बीवी सुशील होनी चाहिए सुंदर से क्या करना है। (जबकि असल में आपको लगता है कि अब इस उम्र में सुंदर लड़की मिलना मुश्किल होगा।)

मैं तो बस एक छोटा-सा पैग लूँगा। (जबकि आप जानते हैं कि आप कम-से-कम पाँच तो पी ही जाएँगे।)

वह बदल जाएगा, एक दिन वह मेरी कद्र जरूर करेगा। (जबकि आप जानती हैं कि आपका पति आज फिर आप पर हाथ उठाएगा।)

वह केवल मुझसे प्यार करती है। (जबकि आप जानते हैं कि उसने

आपसे केवल पैसे के लिए शादी की है।)

आजकल के बच्चे सुनते कहाँ हैं! (जबकि आप जानते हैं कि यह आप की गलतियों का नतीजा है।)

जिंदगी यूँ ही चलती रहती है और हम अपनी जिंदगी की हर गलत बात के लिए कोई-न-कोई बहाना ढूँढ़ते रहते हैं। हम यह साबित करने की कोशिश करते रहते हैं कि जो चल रहा है ठीक है, उसे ऐसे ही चलना चाहिए। हम ऐसा इसलिए नहीं करते कि यह हमें पसंद है बल्कि इसलिए करते हैं, क्योंकि यही आसान तरीका है।

किसी भी बदलाव से दूर भागना इंसान की फितरत होती है। हमें ऐसी चीजें अच्छी लगती हैं जो आसान और मजेदार हैं, न कि वह जो मुश्किल और सही है।

या तो हम यह समझ ही नहीं पाते कि गड़बड़ कहाँ हो रही है और हम अपनी जिंदगी की उलझन में क्यों फँसे हुए हैं या फिर हम यह समझना ही नहीं चाहते। हम बस चीजों को अनदेखा करते रहते हैं, जबकि हमारे आसपास के लोगों को सबकुछ दिखाई देता है। और जब ये लोग हमारा ध्यान हमारी गलतियों की तरफ खींचते हैं तो हमें बहुत बुरा लगता है।

अक्सर हमें पता होता है कि हमारी लाइफ में क्या कमी है और हम उसे कैसे ठीक कर सकते हैं। पर हम खुद को उस बदलाव के लिए तैयार नहीं कर पाते और सबकुछ समझते हुए भी हम उसी कमी के साथ जीते रहते हैं। हमारी जिंदगी तब तक नहीं बदलेगी जब तक कि हम अपनी आदतें और रवैया नहीं बदल लेंगे। केवल अच्छे विचारों से अच्छी जिंदगी नहीं बनाई जा सकती। अगर ऐसा होता तो सुबह-सुबह व्हाट्सएप में सुविचार भेजने वाले और पढ़ने वाले, दोनों ही जीवन में सफल हो जाते।

आप ज्यादा कमाना चाहते हैं, अच्छे दिखना चाहते हैं, फिट होना चाहते हैं, प्रमोशन पाना चाहते हैं, सभी बुरी लतों को छोड़ना चाहते हैं, अपनी आदतें सुधारना चाहते हैं, अपनी लाइफ के खड़ूस से छुटकारा पाना चाहते

हैं, अच्छा पेरेंट बनना चाहते हैं, गहरे रिश्ते बनाना चाहते हैं, अपना बिजनेस शुरू करना चाहते हैं, अपने इमोशंस को मैनेज करना चाहते हैं, किसी कटु अनुभव के बाद अपनी लाइफ में आगे बढ़ना चाहते हैं या और भी जो कुछ आप करना चाहते हैं, वह आप कर सकते हैं। यह आसान होगा यह जरूरी नहीं परंतु संभव होगा इसमें कोई शक भी नहीं। आपको केवल एक काम करना है और वह है- खुद को बेवकूफ बनाना बंद करें।

हम लोग खुद को ही बेवकूफ बनाते रहते हैं, क्योंकि यह सबसे आसान काम होता है। आप किसी दूसरे व्यक्ति को हमेशा बेवकूफ नहीं बना सकते पर आप खुद को आराम से हर बार बेवकूफ बना सकते हैं। आमतौर पर जब हम खुद से छोटे-छोटे झूठ बोलते हैं या ऐसे वादे करते हैं जो हम पूरे ही नहीं करने वाले तो हम खुद को ही बेवकूफ बना रहे होते हैं। यह हमारे लिए उतना ही आसान है जितना कि साँस लेना और यह हम तब से करते आए हैं जब से हमने होश सँभाला है। शायद इसीलिए हम इस बात को मानने के लिए तैयार ही नहीं होते कि हम ऐसा करते हैं। यहाँ तक कि यदि कोई दूसरा आपका ध्यान इस ओर ले जाने की कोशिश करेगा तो आप बुरा मान जाएँगे। आप उस पर ही इल्जाम लगाएँगे और उसे भला-बुरा कहेंगे। पर जब आप अकेले होंगे और अपने बारे में सोचेंगे तो आप खुद से किए उन सारे टूटे वादों का कोई कारण ढूँढ़ ही लेंगे। और आप खुद को फिर से बहलाने की कोशिश करेंगे कि आपने जो भी किया, ठीक किया, पर ऐसा करने से आप फिर से खुद को बेवकूफ बना बैठेंगे।

आपको पता है कि आपकी परेशानियों का हल आप ही के अंदर है। पर शायद यह हम लोगों को बहुत सीधा रास्ता लगता है और कहीं-न-कहीं हम ऐसा सोचते हैं कि रास्ता तो मुश्किल ही होना चाहिए।

असल में, हम लोग बहुत स्मार्ट हैं और स्मार्ट लोगों को मुश्किल और कॉम्प्लिकेटेड चीजें पसंद होती हैं। अगर हमारी परेशानी का कोई सीधा-सरल उपाय हमको बताया जाए तो हमें मजा नहीं आता। वह हमें इतना बेकार लगता है कि हम उसको ट्राई करने की कोशिश भी नहीं करते। पर जैसे ही कोई हमें परेशानी सुलझाने का कोई मुश्किल, महँगा या अजीब-

सा रास्ता दिखाता है तो हम तुरंत निकल पड़ते हैं। पता नहीं क्यों हम यह मानकर बैठे हैं कि मुश्किल काम ही हमारी जिंदगी में कोई बदलाव ला सकता है, उसी में हमारे दुखों को दूर करने की जादुई शक्ति है, जबकि कहीं-न-कहीं हमारा दिल जानता है कि हमारी परेशानियों का कोई जादुई हल नहीं होता।

हर परेशानी का हल धीरे-धीरे परत-दर-परत निकालना पड़ता है। हर मसले को सुलझाने के लिए धीरे-धीरे कदम बढ़ाने पड़ते हैं और यूँ ही चलते-चलते हम अपनी मंजिल पर पहुँच पाते हैं। कोई भी रास्ता इतना मुश्किल नहीं होना चाहिए कि हमें समझ ही न आए कि हम कहाँ जा रहे हैं। ज्यादातर इंसानों को काम करने के जटिल तरीके पसंद आते हैं और कई बार ऐसे जटिल तरीकों की तलाश में हम उन सीधे-सादे तरीकों को अनदेखा कर देते हैं जो बिल्कुल हमारे सामने होते हैं। इन मुश्किल राहों पर भटकते हुए हम अपनी मंजिल तक पहुँच ही नहीं पाते।

चलिए, इसे समझने के लिए एक उदाहरण लेते हैं। मान लीजिए, आपको 15 किलो वजन कम करना है। आपको पता है कि क्या करना चाहिए। अपना लक्ष्य पाने के लिए आपको दो काम करने हैं- कम कैलोरी खानी है और ज्यादा कैलोरी खर्च करनी है। जैसे ही शरीर में कैलोरी की कमी होगी, आपका वजन खुद-ब-खुद घटने लग जाएगा। कितना आसान है! वजन घटाने के लिए आपको खाना कम है और एक्सरसाइज ज्यादा करनी है। यह किसको नहीं पता? आपका दिमाग आपको सही रास्ते पर चलने के लिए प्रेरित भी करेगा। जब भी आप बर्गर या पिज्जा जैसी कोई चीज खाना चाहेंगे तो आपका दिमाग आपको रोकेगा। दिमाग आपको सुबह दौड़ लगाने के लिए भी कहेगा पर मुद्दे की बात यह है कि क्या आप अपने दिमाग की सुनेंगे?

आपको हर रोज हेल्दी खाना खाना है, कार्बोहाइड्रेट कम खाने हैं, प्रोटीन ज्यादा खाना है, हेल्दी फैट थोड़ा-थोड़ा खाना है, कच्ची सब्जियाँ और सलाद खाना है। पर आप यह सब नहीं खाएँगे। आप गूगल पर डाइट प्लान की जाँच-पड़ताल करेंगे, जैसे कि ऐट्किंस डाइट, जनरल मोटर्स,

साउथ बीच, नो कार्बोहाइड्रेट, नो प्रोटीन, नो फैट, वेगन और पता नहीं क्या-क्या। कुछ दिनों में आप डाइट के एक्सपर्ट बन जाएँगे। और इस दौरान आप मन-ही-मन किसी ऐसी डाइट की कामना करेंगे जो आपको पराठा-मक्खन खाते-खाते पतला कर दे।

एक और चीज जो आप कर सकते हैं वह है खाने या पीने वाली कोई ऐसी दवाई ऑनलाइन ढूँढ़ना जो आपको 10 या उससे भी कम दिनों में पतला कर दे और आप आराम से लेटकर अपनी पसंदीदा मूवी देखते हुए अपने कोक और चिप्स का मजा लेते रहें। आप खुद को बेवकूफ बनाने की भरपूर कोशिश करते रहेंगे कि कोई तो ऐसा नया चमत्कार आएगा जो आपको तुरंत हीरो-हीरोइन जैसा बना दे। पता नहीं उस समय आप कैसे भूल जाते हैं कि अगर ऐसी कोई चमत्कारी डाइट या दवाई होती तो दुनियाभर के सभी मोटे लोग कब के पतले हो चुके होते।

अंदर ही अंदर आप जानते हैं कि आपको पतला होने के लिए पसीना बहाना पड़ेगा। वह किसी भी तरीके से हो सकता है- घूमना, दौड़ना, स्विमिंग करना, जिम जाना, योगा, डांस, कोई खेल खेलना, एरोबिक्स करना या कोई भी ऐसा काम जो आपकी उम्र और शरीर के हिसाब से उपयुक्त हो। जब आप इस तरह के पसीना बहाने वाले काम लगातार, रोज करते रहेंगे तो उसका अच्छा असर आपके शरीर पर जरूर पड़ेगा।

पर आप तो सीधे-सादे हैं नहीं! तो आप कुछ अलग करेंगे। आप इनमें से कोई एक चुनेंगे और थोड़े दिनों बाद एलान करेंगे कि उसका आपके शरीर पर कोई असर नहीं हो रहा है। फिर आप उसे करना छोड़ देंगे। ऐसा करने पर आपको बुरा तो लगेगा पर आप खुद को समझा लेंगे कि कोई असर ही नहीं पड़ रहा था तो फिर करते रहने का क्या फायदा था!

पर आप यह कभी कबूल नहीं करेंगे कि आप आलसी हैं और अनुशासित भी नहीं है इसीलिए एक्सरसाइज को चालू नहीं रख पाए और यदि रख लेते हैं तो असर जरूर होता। यदि आपका कोई करीबी इस ओर आपका ध्यान खींचने की कोशिश करेगा, फिर तो समझो उसकी शामत ही आ गई! अपनी हताशा छुपाने के लिए आप उल्टे उसी के पीछे पड़ जाएँगे।

हम लोग हमेशा सारे काम निपटाने के लिए कोई-न-कोई चालू नुस्खा ढूँढ़ते रहते हैं- पैसा सालभर में दुगना करने की कोई स्कीम, पेट की चर्बी घटाने वाली कोई जड़ी-बूटी, एग्जाम में अच्छे नंबर लाने का कोई जादुई तरीका, जल्दी शादी होने के लिए कोई नीलम या पन्ना, सेहत ठीक करने के लिए कोई पूजा आदि।

हमारी ज्यादातर पर्सनल और प्रोफेशनल परेशानियों का हल हमारे ही अंदर छुपा हुआ है लेकिन इन सवालों के जवाब अपने भीतर ढूँढ़ने के बजाय हम बाहर ढूँढ़ते रहते हैं। हम लोगों को लगने लगा है कि हमारी हर परेशानी को दूर करने का कोई-न-कोई बाहरी तरीका है और बाजार में उस तरीके को बेचने वाला कोई-न-कोई बैठा भी होता है। खुद अपनी परेशानियों का हल ढूँढ़ने की जगह हम हर उस इंसान पर भरोसा करने को तैयार हैं जो यह दावा करता है कि उसके पास कोई जादुई हल है। आप ऐसे एक जादूगर को ढूँढ़ने जाइए तो आपको 10 मिलेंगे। वे हमारे ही जैसे नादान लोगों का इंतजार कर रहे हैं कि हम आएँ और वे हमको बेवकूफ बनाएँ। पर अचंभे की बात यह है कि बहुत-से लोग बेवकूफ बनने के लिए तैयार भी हैं। हम यह भी नहीं देखते कि सामने वाला हमारे भरोसे के लायक है भी या नहीं।

मैं यह स्वीकार करती हूँ कि मैंने भी जीवन में कई बार इस तरह के बहाने बनाए हैं। तब मैं केवल खुद को ही बेवकूफ बना रही थी। यह सब कुछ पहले मुझे बहुत ही साधारण लगता था, क्योंकि हम बचपन से यही तो करते आए थे। हम अपने ही बनाए बहानों पर विश्वास कर लेते हैं, क्योंकि यह बहुत आसान होता है।

मैं जो भी करना चाहती थी, कर सकती थी और जो मुझे नहीं करना होता, उसको न करने या टालने के लिए मेरे पास बहाना तैयार रहता था। कमाल की बात यह थी कि मैं अपने हर बहाने पर पूरा विश्वास भी कर लेती थी।

उदाहरण के लिए, जब मुझे दूसरी प्रेगनेंसी के बाद करीब 15 किलो वजन घटाना था तो मैंने खुद को बताया कि मैं बहुत बिजी हूँ और मेरे पास

हर रोज एक्सरसाइज करने का टाइम नहीं है। मैंने इस बात पर पूरा विश्वास भी कर लिया और यह बहाना मेरी रोजमर्रा की बातों का हिस्सा बन गया, हालाँकि मैं यह जानती थी कि पूरे दिन में एक घंटा निकालना कोई बड़ी बात नहीं है। पर मुझे बहाना बनाना आसान लगा।

अक्सर हमारे घर वाले और करीबी दोस्त भी उसी बहाने का इस्तेमाल करते रहते हैं। तो जब भी कोई मेरे बढ़े हुए वजन की तरफ इशारा करता तो ये लोग तुरंत मेरी तरफ से बोल पड़ते कि इसके पास टाइम की कमी है। उस समय तो बहुत अच्छा लगता है कि सभी आपको समझ रहे हैं। पर असल में ऐसा करने से हम अपने अंदर कोई भी अच्छा बदलाव नहीं ला पाते। और यह तो सभी समझते हैं कि कोई भी अच्छा बदलाव लाए बिना जीवन में प्रगति संभव नहीं है।

जो लोग हमारी निंदा करते हैं, असल में वही लोग हमें वो सारे काम करने के लिए मजबूर करते हैं जिनको हम टालते रहे हैं। वो आपको आपके कंफर्ट जोन से बाहर निकलने के लिए मजबूर करते हैं और फिर आपको खुद को साबित करने के लिए मेहनत करनी ही पड़ती है।

सफलता की जो भी कहानी आपने सुनी होगी, चाहे वह बड़ी हो या छोटी, उसके पीछे कोई-न-कोई निंदा करने वाला जरूर होगा। जिसने कमेंट मारा वह तो ऐसा करके आराम से सो जाता है लेकिन जिस पर कमेंट मारा गया उसे रातभर नींद नहीं आती। पूरी रात वह उस कमेंट को अपने दिमाग में रीप्ले करता रहता है और फिर सुबह उठकर गुस्से में वह काम शुरू करता है जिसे वह सालों से टालता आ रहा था।

मेरे साथ भी ऐसा कई बार हुआ है और अब सोचने पर लगता है कि कैसे मैंने एक कटाक्ष को गलत साबित करने के लिए एड़ी-चोटी का जोर लगा दिया था। फिर मन करता है कि उस कटाक्ष करने वाले को थैंक्यू कहूँ। उसने वो कटाक्ष न किया होता, टीका-टिप्पणी न की होती तो शायद वह काम मैंने आज भी न किया होता।

हमें हर रोज अपनी जिंदगी खुली आँखों और खुले दिमाग के साथ जीनी चाहिए। हमें पता होना चाहिए कि हम खुद के साथ कितना सच बोल

रहे हैं या कहीं हम खुद को बेवकूफ तो नहीं बना रहे। हम हमेशा किसी निंदा करने वाले का इंतजार नहीं कर सकते कि वह आए, हम पर कमेंट मारे तो हम कुछ अच्छा करने निकलें। हमें खुद ही अपना निंदक बनना होगा और अपना सबसे भरोसेमंद दोस्त भी।

एक बेवकूफ समझता है कि वह समझदार है पर समझदार जानता है कि वह बेवकूफ है।

– विलियम शेक्सपियर

आपकी दिमागी हलचल

जब आप खुद से बात करते हैं तो ध्यान रखें, क्योंकि आप खुद को सुन रहे होते हैं।

– लीजा एम इज

हमको ऐसा लगता है कि हम अपनी जिंदगी खुली आँखों और खुले दिमाग के साथ जी रहे हैं पर असल में ऐसा होता नहीं है। हमारा सारा

ध्यान बाहरी दुनिया पर होता है पर अपने अंदर की दुनिया तो अनदेखी और अनजानी ही रह जाती है। अपनी दिमागी हलचल पर हमारा ध्यान ही नहीं जा पाता। इस दिमागी हलचल का साक्षात रूप होती हैं इसमें चलने वाली बातें।

यूँ तो हम सभी बातें करते हैं। बल्कि हम काफी ज्यादा बोलते हैं। लेकिन जब हम दूसरे से बातें करते हैं तो उसके पीछे कोई-न-कोई कारण होता है। या तो हम कुछ पूछ रहे होते हैं या किसी सवाल का जवाब दे रहे होते हैं, किसी दोस्त से दिल की बातें कर रहे होते हैं या यूँ ही गप्पें मार रहे होते हैं।

ये सब बातें करने की ट्रेनिंग हमें बचपन से ही दी जाती है। हमारे आसपास के लोग हमें सिखाते रहते हैं कि कैसे बोलना है, बड़ों से कैसे बोलना है, छोटों से कैसे बोलना है, महिलाओं से कैसे बोलना है, अपनी टीचर से कैसे बात करनी है, दूसरों को इंप्रेस करने के लिए कैसे बोलना चाहिए, अच्छा कैसे बोलें ताकि सब हमें सुनें, बात करते समय हमें किन चीजों का ध्यान रखना चाहिए आदि।

हम सिखाई गई इन सारी बातों का पालन करने की पूरी कोशिश करते हैं। पर हमें यह कोई नहीं सिखाता कि हमें अपनी जिंदगी में सबसे अहम इंसान से कैसे बात करनी है। और वह इंसान हैं 'हम खुद'।

हम खुद से सबसे ज्यादा बात करते हैं, अपने बेस्ट फ्रेंड से भी ज्यादा!!

हम खुद से बस बोलते ही रहते हैं, चाहे कोई कारण हो या न हो। जब हम यह कहते हैं कि हम सोच रहे हैं तो असल में हम खुद से बात कर रहे होते हैं। और जब किसी से बहुत ज्यादा बात करेंगे तो उन बातों का असर तो हम पर होगा ही। असल में इसका असर हमारे सोचने के तरीके और हमारे काम करने के तरीकों पर भी पड़ता है। तो फिर क्या यह बात अजीब नहीं कि हमें खुद से बातचीत की ट्रेनिंग कोई नहीं देता?

खुद पर थोड़ी देर के लिए ध्यान दें। ध्यान दें कि आप अपने दिमाग में खुद से कैसी बातें करते हैं। आपको पता चलेगा कि ये बातें उन बातों

से बिल्कुल अलग हैं जो आप दूसरों को कहते हैं, और ज्यादातर बातें तो नेगेटिव हैं।

और ये नेगेटिव बातें हम किसी एक खास विषय पर नहीं कर रहे होते। चाहे हम अपने करियर के बारे में बात कर रहे हों, अपने बॉस के बारे में, जीवनसाथी के बारे में, अपने माता-पिता के बारे में, अपनी लव लाइफ के बारे में, अपनी हेल्थ के बारे में, अपनी कमाई के बारे में, अपने रिश्तेदार और दोस्तों के बारे में, या हम कैसे दिखते हैं- इन सभी पर हमारी बातें अक्सर नेगेटिव ही चल रही होती हैं। इन बातों का हम पर बहुत बुरा प्रभाव पड़ता है, क्योंकि या तो ये हमें गलत रास्ते पर ले जाती है या या फिर हम इतने कन्फ्यूज हो जाते हैं कि कोई फैसला ही नहीं ले पाते। ऐसा तो शायद ही कभी होता हो कि ये सारी नेगेटिव बातें हमें किसी पॉजिटिव फैसले की ओर ले जाएँ।

हम लोगों का नेगेटिव चीजों की तरफ एक नेचुरल रुझान होता है। किसी भी नेगेटिव चीज की तरफ जाना हमारे लिए बहुत आसान है। एक हल्का-सा पुश हमें गलत रास्ते पर भेज सकता है, फिर चाहे वह सिगरेट पीना हो, शराब पीना, फिजूलखर्ची करना, जंक फूड खाना, अपना कीमती समय फेसबुक और व्हाट्सएप पर बर्बाद करना, घंटों टीवी देखना या अपने आसपास के लोगों और चीजों की बुराई करना।

इस नेगेटिव रुझान के कारण हम अक्सर आसान रास्ता चुन लेते हैं। याद कीजिए, जब आपको टीवी देखने और पढ़ाई करने में से किसी एक को चुनना होता है तो आप किसको चुनते हैं?

और लाइफ के बड़े फैसलों में तो हम कई बार और भी बुरा करते हैं- हम कोई फैसला ही नहीं ले पाते!

क्या आपने कभी सचेत होकर ध्यान दिया है कि आप खुद से कैसी बातें करते हैं? क्या कभी आपका ध्यान गया कि आपके मन की प्यारी-सी आवाज असल में कितनी खतरनाक है? हमारे लिए सबसे बड़ा खतरा यह है कि हम इस आवाज को अपने दिमाग की समझदारी की आवाज समझकर खुद को बेवकूफ बनाते हैं।

मैं कुछ उदाहरण देकर अपनी बात समझाती हूँ।

केस नंबर 1

याद कीजिए, जब आपको एक बहुत ही मजेदार आइडिया आया था जिसको आप एक बिजनेस में बदलने वाले थे।

आइडिया बहुत अच्छा था पर आपको पता नहीं था कि उस पर काम कैसे करना है। आपको साफ-साफ दिखाई दे रहा था कि यह आइडिया आपके लिए दौलत और शोहरत का टिकट बन सकता है। आपने कुछ दिन अपने उस आइडिया के बारे में बहुत सोचा और आप काफी एक्साइटेड भी रहे। फिर अचानक मन की उस प्यारी-सी आवाज ने आप पर अपना जादू चलाना शुरू किया। इसका कारण कोई भी छोटी-सी बात हो सकती है जो शायद अब आपको याद भी न हो। क्या किसी ने आपसे उस आइडिया के बारे में कुछ नेगेटिव बात बोली थी या फिर आपने ही ऐसा कुछ सोचा था? कारण चाहे जो भी रहा हो, एक बार दिमाग में ये सारी बातें शुरू हो गईं तो बस, गई भैंस पानी में-

'आइडिया तो अच्छा है पर इसको करना बहुत ही मुश्किल!'
'मेरे पास लगाने के लिए इतने पैसे कहाँ हैं?'
'इस आइडिया पर कोई पैसे नहीं लगाने वाला!'
'अगर यह नहीं चला तो?'
'अगर मेरे सारे पैसे बर्बाद हो गए तो मैं तो कहीं का नहीं रहूँगा!'
'अगर मैं फेल हो गया तो अपने घरवालों को क्या मुँह दिखाऊँगा?'

धीरे-धीरे ऐसी बातें सोचते-सोचते आपके मन में यह आ जाता है कि आपका कुछ नहीं होने वाला। और फिर आप आराम से बैठ जाते हैं, जिंदगी यूँ ही चलती रहती है, आप यूँ ही बोर होते रहते हैं और चीजों को कोसते रहते हैं।

कुछ महीने बाद, आपकी नजर पड़ती है आपके आइडिया से बने

सामान पर, किसी दुकान में या इंटरनेट पर। किसी और को वही आइडिया आया पर वह हाथ पर हाथ रखकर बैठा नहीं रहा, उसने उन सारी नेगेटिव बातों पर ध्यान नहीं दिया और मेहनत कर अपना सपना पूरा कर दिखाया।

और अब आप यह सोच रहे हैं कि काश, आप समय में पीछे जाकर यह सब बदल पाते, काश, आपने अपने मन की नहीं अपने दिमाग की सुनी होती!

केस नंबर दो

एक दिन फेसबुक पर किसी पुराने दोस्त को एकदम फिट देखकर आप को जोश आया और आपने फैसला किया कि बहुत हो चुका आराम, अब मेरे भी फिट होने का समय आ गया है। आपने पूरे जोश के साथ तैयारी शुरू कर दी, आसपास के सभी जिम और उनकी फीस के बारे में पता लगा लिया गया, कौन-से कपड़े पहनकर जाएँगे, वर्कआउट से पहले और वर्कआउट के बाद क्या खाएँगे, जब आप फिट हो जाएँगे तो क्या क्या करेंगे, हर चीज की प्लानिंग कर ली गई थी। अब आपको फिट होने से कोई नहीं रोक सकता, इस बुलंद इरादे के साथ अपनी घड़ी में सुबह 5ः00 बजे का अलार्म लगाया और सो गए।

जब सुबह पाँच बजे अलार्म बजा तो आपने झट से स्नूज का बटन दबा दिया, क्योंकि आपके मन ने कहा कि अभी थोड़ी देर और बिस्तर के मजे लिए जाएँ, और फिर पता नहीं कब नींद आ गई। फिर आप देर से उठे, जल्दी-जल्दी ऑफिस के लिए रेडी हुए और खुद से यह वादा करके निकले कि शाम को जरूर जिम जाएँगे।

शाम को जब आप ऑफिस से थके-हारे घर पहुँचे तो कुछ करने का मन तो था नहीं, मन की उसी प्यारी-सी आवाज ने कहा-

'आजकल ऑफिस में बहुत काम है, थोड़ा फ्री हो जाऊँ फिर पूरे जोश के साथ शुरू करूँगा!'

या

'बस ये सर्दियाँ खत्म हो जाएँ, उसके बाद तो जिम जाना ही है।'

या

'इस बार मैं कोई गलती नहीं करना चाहता, थोड़ी और रिसर्च कर लूँ और पता लगा लूँ कि जॉगिंग ज्यादा अच्छी है या जिम जाना या फिर स्विमिंग, और बस फिर उसके बाद अपने पसंदीदा तरीके से फिटनेस पर काम चालू!'

या

'वैसे भी मैं इतना मोटा नहीं हूँ, उमर के हिसाब से मेरा वेट ठीक ही है, उस वर्मा से तो कम ही है!'

और बस! एक फिट बॉडी का सपना चकनाचूर। ऐसे ही कुछ दिन आपका मन आपके दिमाग से खेलता रहेगा और एक्सरसाइज न करने के 'लॉजिकल' बहाने बनाता रहेगा और आप अपने मन की सुनते रहेंगे। ऐसे ही कुछ महीने और कई साल गुजर जाएँगे और फिर न तो फिटनेस के सपने आएँगे और न हिम्मत होगी! फिर आप सोचेंगे कि काश, उस दिन अपने मन की न सुनी होती और अलार्म बंद करके उठ गए होते!

केस नंबर 3

आपकी लाइफ बहुत बढ़िया चल रही है, अच्छी जॉब है, अच्छे पैसे कमा रहे हैं तो आपको ख्याल आया कि अब बचत के बारे में भी कुछ सोचना चाहिए, कुछ पैसा इन्वेस्ट करना चाहिए। आप टीवी और न्यूजपेपर में इन्वेस्टमेंट की सलाह पढ़ते-सुनते रहते हैं। तो आपने निश्चय किया कि अब इस बारे में और रिसर्च करूँगा ताकि इन्वेस्टमेंट शुरू कर सकूँ। इसी के साथ-साथ, आपने अपना बजट बनाया और अपने खर्चों का हिसाब रखने

लगे। अब आपने फैसला कर लिया कि फिजूलखर्ची नहीं करेंगे, और एक अच्छे इन्वेस्टर बनेंगे। आपको पता है, ऐसा करने से आप अपने सभी छोटे-बड़े सपने पूरे कर पाएँगे। बस, अब आप भविष्य के लिए तैयार हैं!

ऑफिस में खाली बैठे-बैठे, फोन में आपकी नजर एक बहुत ही कूल गैजेट या ड्रेस की डील पर पड़ी। आपके मन ने कहा, इसको तो लेना ही है और अभी लेना है। पर आपके दिमाग ने आपको याद दिलाया कि सुबह ही तो बजट बनाया था, उसके हिसाब से तो यह नहीं खरीद सकते, पर फिर मन से एक प्यारी-सी आवाज आई-

'अगर बाद में यह डील नहीं मिली तो?'
'सेल खत्म होने के बाद इस प्राइस पर थोड़ी न मिलेगी!'
'मेरे लिए इसको लेना बहुत जरूरी है!'
'मैं इतनी मेहनत करता हूँ, यह तो मेरा हक है!'
'अभी इसी उम्र से बचत की चिंता क्या करनी, यह तो मजे करने का टाइम है!'

तो आपने अपना क्रेडिट कार्ड निकाला और खरीद डाला वह गैजेट या ड्रेस। पर आप इतने पर नहीं रुके, अब जब बजट की कसम टूट ही गई है तो क्यों न थोड़ी शॉपिंग और कर ली जाए? शॉपिंग करने के बाद और फेसबुक पर सैकड़ों लाइक्स देखने के बाद जो मजा आता है उसके क्या कहने!

अब वह प्यारी-सी, मन की आवाज ज्यादा बुलंद होकर बोलेगी- 'इस बचत और इन्वेस्टमेंट के प्लान के चक्कर में मत पड़ो। बचत तो जिंदगीभर करनी है, अभी तो बस मजे लो। बचत का फायदा तो सालों बाद मिलेगा लेकिन यह मजा तो अभी इसी वक्त मिल जाएगा!'

पाँच-छह साल के बाद आप सोचेंगे कि काश, उस दिन अपने मन की न सुनी होती और दिमाग लगाकर सही फैसला लिया होता तो आज अपने नए फ्लैट की डाउन पेमेंट के लिए मम्मी-पापा के आगे हाथ नहीं फैलाने पड़ते।

इसकी वजह

आप सभी के साथ कभी-न-कभी इनमें से कोई एक या इनके जैसी घटना जरूर हुई होगी। हमारे मन की यह उमड़-घुमड़ दिनभर चलती रहती है और ताज्जुब की बात यह है कि ज्यादातर ये बातें नेगेटिव होती हैं। और ये बातें हमें आसान और मजे वाली चीजों की तरफ ललचाती रहती हैं।

हमारा मन दिनभर हमें इसी बात पर राजी करने में लगा रहता है कि हमें कुछ नहीं करना है और अगर कुछ करना ही पड़े तो ऐसा काम करना

है जिसमें सबसे कम एनर्जी लगे। पर इसमें सारी गलती हमारी भी नहीं है। असल में, हमारे मन को नई और अनजान चीजें पसंद नहीं और हमारे मन के ऐसे चलने का श्रेय गुफाओं में रहने वाले हमारे पूर्वजों को जाता है।

आदिकाल में जब लोग गुफाओं में रहते थे, वातावरण बहुत खतरनाक था। जंगली जानवर और अन्य तरह के खतरों से हमेशा सावधान रहना होता था और साथ ही खाने की खोज में लगे रहना पड़ता था। इसलिए उन लोगों को अपनी एनर्जी शिकार करने जैसे जरूरी काम के लिए बचाकर रखनी होती थी। उन्हें नई और अनजान चीजों से सतर्क रहना होता था। जंगल के खतरों में कोई भी चीज कभी भी जानलेवा बन सकती थी।

आज हमारी लाइफ बहुत आसान है और खतरे भी काफी कम हैं। पर मुझे ऐसा लगता है कि जिस तेजी से हमारी दुनिया बदली है, उतनी तेजी से हमारा दिमाग नहीं बदला। हम स्मार्ट तो हो गए हैं लेकिन हमारे डर अब भी पुराने जमाने की तरह हमारे अंदर रचे-बसे हैं।

यदि हमारा दिमाग भी हमारे शरीर की तरह विकसित हुआ होता तो आज सभी इंसान शांत, तर्कशील और समझदार हो गए होते। हम सभी अपने फैसले सोच-समझकर, लॉजिक के आधार पर ले रहे होते। ऐसा करने से हमारी लाइफ बहुत ही सुलझी हुई हो चुकी होती। हम सभी एक आदर्श दुनिया में रह रहे होते। दुनिया में कोई मोटा नहीं होता, क्योंकि सभी हेल्दी खाना खाते और एक्सरसाइज करते; कोई भी व्यक्ति फिजूलखर्ची न करता, पैसे बचाता और इनवेस्ट करता; लोग पूरे फोकस से अपना काम करते, अपने पैशन फॉलो करते और हर इंसान अपने परिवार, दोस्तों, रिश्तेदारों और खुद से खुश होता।

लेकिन अपने आस-पास की दुनिया को देखिए।

क्या यह आपको आदर्श दुनिया लगती है?

क्या सब लोग आपको सुलझे हुए और खुश दिखाई देते हैं?

नहीं, ऐसा बिल्कुल नहीं है, क्योंकि हम लोग लॉजिकल नहीं हैं। हम ज्यादातर इमोशंस के अनुसार काम करते हैं। हमारा मन हमारे लॉजिक के हिसाब से नहीं चलता। हमारे पूर्वजों के सोचने और समझने के तरीके आज

भी हमारे फैसलों पर असर डालते हैं। हमारे मन की उमड़-घुमड़ हमारे सामाजिक परिवेश के अनुसार चलती है। हम जिन लोगों के बीच पले-बढ़े हैं, उनकी बातें, उनके सोचने के तरीके, उनके काम करने के तरीके, जाने-अनजाने हमारे सोचने और काम करने के तरीके बन जाते हैं। ये सारी चीजें इतनी नेचुरली होती हैं कि हम समझ ही नहीं पाते कि ये हमारी अपनी सोच और तरीके हैं या किसी और के।

हम अपने मन की प्यारी-सी आवाज को बोलने से नहीं रोक सकते हैं पर हम उसे यह जरूर बता सकते हैं कि उसे क्या बोलना है।

हम अपने मन रूपी घोड़े के समझदार घुड़सवार तो बन ही सकते हैं।

किसी भी चीज को मैनेज करने के लिए उसको समझना जरूरी है। आपको यह पहचानना पड़ेगा कि आपके अंदर दो आवाजें एक साथ रहती हैं-

एक, आपके मन की आवाज जिसको हम 'शैतान' कहकर बुलाएँगे, और
दूसरी, आपके दिमाग की आवाज जिसे हम 'एंजेल' कहकर बुलाएँगे।

मन 'शैतान' इसलिए है, क्योंकि वह हमेशा मौज-मस्ती के तरीके ढूँढ़ता रहता है। उसे वह काम पसंद है जिसमें तुरंत मजा आए और जहाँ तक हो सके, मेहनत न करनी पड़े। जैसे कि सिगरेट पीना, शराब पीना, चटपटी चीजें खाना, मीठा खाना, दोस्तों के साथ मजे करना, खूब शॉपिंग करना, टीवी या मूवीज देखना, व्हाट्सएप, फेसबुक और ट्विटर पर टाइम पास करना, सोना, खयाली पुलाव पकाना आदि। इस शैतान मन को शरीर या दिमाग पर जोर डालना बिल्कुल पसंद नहीं।

अगर आप खुद से ईमानदार रहें तो आप आसानी से जान सकते हैं कि आपके मन रूपी शैतान को कौन-कौन से काम पसंद हैं और उन कामों को करने का आपको कितना नुकसान होता है।

दूसरी तरफ, आपका दिमाग रूपी 'एंजेल' आपको सही रास्ता दिखाता

है। आपका दिमाग आपको वह काम करने को कहता है जो सही है पर अभी मुश्किल लगता है। इन कामों को करने से आपको उस समय तो इतना मजा नहीं आएगा लेकिन आगे चलकर बहुत फायदा होगा। जैसे कि हेल्दी खाना खाना, एक्सरसाइज करना, बचत करना, इन्वेस्ट करना, पढ़ना, मेहनत से काम करना, समय का सदुपयोग करना, अपने रिश्ते ठीक से निभाना, अपने सपने पूरे करने के लिए मेहनत करना आदि। जब आप अपने मन रूपी शैतान के बिछाए जाल में नहीं फँसते और अपने दिमाग रूपी एंजेल की बताई राह पर चलते हैं, तभी आप जीवन में सफल और खुश हो पाते हैं।

इसको कहना जितना आसान है करना उतना ही मुश्किल। दिनभर आप चाहे जो भी कर रहे हों, इस 'एंजेल' और 'डेविल' के बीच हर बात को लेकर रस्साकशी चलती ही रहती है। दोस्तों के साथ कॉफी पीने जाने का एक छोटा-सा फैसला भी इस रस्साकशी को शुरू करने के लिए काफी है। ज्यादातर हम ऐसे फैसले कुछ सेकेंड में ही ले लेते हैं इसलिए हमारा ध्यान इस ओर नहीं जा पाता। हमें ऐसा लगता है कि हम बहुत सोच-समझकर ये फैसले ले रहे हैं पर असल में हम अपनी सोशल कंडीशनिंग के हिसाब से एक अचेत-सी अवस्था में रहते हैं और एक ही पैटर्न के फैसले लेते रहते हैं। पर इसका मतलब यह नहीं कि हम इसे बदल नहीं सकते। अगर हम थोड़ा-सा ध्यान दें तो यह सुनिश्चित कर सकते हैं कि हम ज्यादातर अपने अंदर के 'एंजेल' की सुनें और मानें, न कि 'डेविल' की।

अगर हम अपने मन की बातों पर ध्यान दें तो यह आसानी से समझ जाएँगे कि हमारा सोचने का तरीका काफी हद तक हमारी अपनी बनाई हुई कहानियों, मूल्यों, विचारों और धारणाओं पर आधारित होता है जो कि हमेशा सही नहीं होते। ये सारी कहानियाँ और मूल्य हमारे अचेतन मन में रचे-बसे डर, गुस्से, हताशा, आत्म-ग्लानि (गिल्ट) आदि पर आधारित होते हैं। ये सारी भावनाएँ हमारी आँखों पर एक पर्दा-सा डाल देती हैं और हमें परिस्थितियाँ पूरी तरह से दिखाई नहीं देतीं। इसका नुकसान यह होता है कि आप बस चलते जाते हैं और न मंजिल दिखाई देती है, न रास्ता। हम केवल उसी पल में मजे लेने के बारे में सोचते रह जाते हैं और जीवन के लक्ष्य के

बारे में हम सोच ही नहीं पाते।

ऐसा नहीं है कि आपको मालूम ही न हो कि आपके लिए क्या सही है और किसी भी सिचुएशन में क्या करना चाहिए। पर कोई बात जानना और उसे करना दो अलग-अलग चीजें हैं। जब आप अपने मन की नेगेटिव बातों को सुनते हैं और उन्हें दिल से लगा लेते हैं और उसका असर अपने कर्मों पर आने देते हैं तो उससे केवल आपका ही नुकसान होता है। जब आपको इसका एहसास होता है तो आप खुद से वादा करते हैं कि दोबारा ऐसा नहीं करेंगे। लेकिन फिर से वैसी ही सिचुएशन आने पर दोबारा आप अपने मन से सोचने लग जाते हैं और आपके इमोशंस आपके दिमाग पर हावी हो जाते हैं, कुछ कंट्रोल में नहीं रहता। ऐसा लगता है मानो डेविल ने आपके दिलो-दिमाग पर कब्जा कर लिया है और अब वही आपको निर्देश दे रहा है।

0 इस नेगेटिव प्रोग्रामिंग को कैसे तोड़ें

अपने विचारों पर ध्यान दें, उन्हें समझने की कोशिश करें और इसके लिए खुद से कुछ छोटे-छोटे सवाल पूछें-

1. दिन में कितनी बार आपके विचार आशा, उत्सव, पॉजिटिविटी, सदाचार, सद्‌भाव, और उन्नति से जुड़े होते हैं?
2. दिन में कितनी बार आपके विचार गुस्से, घृणा, आलोचना, मजबूरी, दोषारोपण और नेगेटिविटी से भरे होते हैं?
3. इन दोनों तरह के विचारों के आने पर आप कैसा महसूस करते हैं?
4. इन दोनों में से किस तरह के विचार आने पर आप खुश होते हैं और कुछ अच्छा काम करने के लिए उत्साहित महसूस करते हैं?

प्रश्न 4 का आपका जवाब जो भी है आपको उसी तरह के विचारों में दिनभर रहना चाहिए, क्योंकि ऐसा करने से ही आप अपने सभी सपने सच कर पाएँगे। पर ये चेकिंग आपको दिन में कई बार करनी पड़ेगी। अगर आप अपने सोचने और फैसले लेने की प्रक्रिया को ध्यान से देखेंगे तो खुद को नेगेटिव ख्यालों में घिरते हुए आसानी से रँगे हाथों पकड़ पाएँगे।

इस प्रक्रिया को आसान बनाने के कुछ तरीकों के बारे में बात करते हैं।

1. अपने विचारों को अपनाइए

यह सोचकर खुद को बेवकूफ मत बनाइए कि आपके मन में नेगेटिव ख्याल आते ही नहीं। ये तो सबके मन में आते ही हैं। तो जो पहला काम आपको करना है वह यह मानना है कि नेगेटिव ख्याल हैं। जब आप उनको मानेंगे तभी आप उन्हें नोटिस कर पाएँगे। और उनको नोटिस किए बिना आप उनको रोकने या बदलने पर काम नहीं कर सकते।

जब हम अपने विचारों के प्रवाह को नोटिस कर पाते हैं तभी इस बात को भी समझ पाते हैं कि इन विचारों का हमारे काम और हमारी कार्यकुशलता पर क्या प्रभाव पड़ता है।

हमें इन ख्यालों की इतनी ज्यादा आदत है कि इनको पहचानने के लिए हमें अपने दिमाग और अपने व्यक्तित्व से बाहर निकलकर इस उमड़-घुमड़ को देखना होगा और तभी हम इनके आने-जाने को पकड़ पाएँगे। ऐसा करने से धीरे-धीरे ख्याल आपके कंट्रोल में आएँगे और आप उन्हें सही दिशा दे पाएँगे, अन्यथा सबसे आसान तरीका तो बेकार की बातों में खो जाने का ही होता है।

हमारा दिमाग एक गार्डन की तरह है। हमें इसमें सोच-समझकर सुंदर फूल उगाने होंगे, नहीं तो घास और जंगली पौधे तो अपने आप ही उग जाएँगे।

2. खुद से सवाल कीजिए

जब भी आप खुद को नेगेटिव बातें सोचते हुए पाएँ, तो आपको खुद को रोकना होगा और खुद से दो जरूरी सवाल करने होंगे।

पहला सवाल- जो भी नेगेटिव बात आप खुद को बताने की कोशिश कर रहे हैं, क्या आपको 100% विश्वास है कि यह सच है?

अगर आपका जवाब 'हाँ' है, तो आपको अपनी बात पर ध्यान देना होगा और उसके अनुसार काम करना होगा। हो सकता है यह कोई खतरे की घंटी हो जो आपको आगे होने वाले नुकसान से बचा सके।

अगर आप का जवाब 'ना' है, तो आपको चीजों को ध्यान से देखना होगा। अक्सर यही होता है, क्योंकि जब हम खुद से नेगेटिव बातें करते हैं तो यह सच नहीं होता बल्कि इन सारी बातों का कारण हमारे या दूसरों के विचार और मान्यताएँ होती हैं और ये विचार और मान्यताएँ अक्सर गलत होती हैं।

कोई इंसान अगर आपके घर में बहुत सारा कूड़ा डाल दे तो आप उस पर बहुत गुस्सा होंगे। शायद आप पुलिस को भी बुला लें और उस पर कार्रवाई की माँग करें। लेकिन जब कोई इंसान आकर आपके दिमाग में अपनी नेगेटिव बातों का कूड़ा डालने की कोशिश करता है तो आप कुछ नहीं करते।

एक उदाहरण-

आप काफी समय से खुद से कह रहे हैं कि आप अपनी नौकरी छोड़ना चाहते हैं लेकिन छोड़ नहीं पा रहे।

सच में? अगर आप सच में इस नौकरी से इतना परेशान थे तो आपको नौकरी छोड़ देनी चाहिए थी। आपको कोई-न-कोई दूसरी नौकरी तो मिल ही जाती।

पर आप ऐसा नहीं करेंगे, क्योंकि असल में आपका अचेतन मन जानता है कि आपको अपनी नौकरी से कोई परेशानी नहीं। आप उसकी बुराई और शिकायत इसलिए करते हैं, क्योंकि आपके आसपास के लोग ऐसा कर रहे हैं। अगर आप ध्यान दें तो आपको आसानी से अपने ऑफिस में ऐसे लोग मिल जाएँगे जिनका यही काम है। कंपनी की, बॉस की, सिस्टम की या किसी की भी बुराई करना और काम करने वालों को हतोत्साहित करना।

पर आप यह नहीं समझ पाते कि इन बातों का आपकी कार्यकुशलता पर नेगेटिव असर पड़ता है। अपने ऑफिस, अपने बॉस और अपनी नौकरी के बारे में लगातार नेगेटिव बातें करने से आपकी स्थिति और भी खराब हो जाती है, क्योंकि आप अपने आसपास की चीजों और स्थितियों को नेगेटिव नजर से देखने लगते हैं। ऐसा करने पर आप कभी भी मन लगाकर काम

नहीं कर पाएँगे। इस नेगेटिविटी के कारण आपके व्यवहार और आपके कार्य के स्तर पर बुरा असर पड़ेगा। इन सब बातों का बुरा प्रभाव आपके आने वाले प्रमोशन और बढ़ने वाली सैलरी पर पड़ सकता है।

हो सकता है, आपको ऐसा लगने लगे कि आपका बॉस आपको जान-बूझकर नजरअंदाज कर रहा है और ऐसा सोच-सोचकर आपकी नेगेटिविटी दिन-प्रतिदिन बढ़ती जाएगी। आप समझ ही नहीं पाएँगे कि आपकी गलती कहाँ थी। आपने बस नेगेटिव बात सुनी, उसका असर आपके दिमाग पर हुआ और आपके व्यवहार में झलका।

दूसरा सवाल- क्या ये सारे विचार आपको कोई नया काम करने के लिए उत्साहित करते हैं, चाहे वह काम पॉजिटिव हो या या नेगेटिव?

इस सवाल का जवाब जानना बहुत जरूरी है, क्योंकि अगर आप ध्यान दें तो आपके मन में चलने वाली नेगेटिव बातें आपके कन्फ्यूजन को बढ़ा देती हैं और इस कन्फ्यूजन के कारण ही आप कोई फैसला नहीं ले पाते हैं। अगर बहुत सोचने के बाद भी आप किसी नतीजे पर नहीं पहुँच पा रहे तो इतना सोचने का फायदा ही क्या?

3. बलि के बकरे न ढूँढ़ें

आपके मन में चलने वाली सारी उमड़-घुमड़ अक्सर कोई-न-कोई बहाना बना रही होती है। आप अपनी असफलता और दुख के लिए किसी इंसान या किसी परिस्थिति को जिम्मेदार ठहरा रहे होते हैं। आपको इस बात पर ध्यान देने की जरूरत है कि दूसरों पर इस तरह दोषारोपण करना बिल्कुल नेगेटिव और बेबुनियाद है। दुनिया का इतिहास ऐसे लोगों के उदाहरणों से भरा पड़ा है जिन्होंने बहुत बुरी परिस्थितियों में भी हिम्मत नहीं हारी, मेहनत करते रहे और सफल होकर दुनिया को भी बदल डाला। अगर वे भी हाथ पर हाथ रखकर किसी इंसान या परिस्थिति को अपने हालात के लिए जिम्मेदार ठहरा देते, तो शायद जिंदगी में कुछ भी नहीं कर पाते।

दूसरों को दोष देना भी खुद को बेवकूफ बनाने और मेहनत न करने

का ही एक तरीका है। आपको यह बंद करना होगा।

4. अपने दिमाग को सफलता के लिए प्रोग्राम करें

अपने मन में चल रही नेगेटिव बातों से बाहर निकलने के लिए खुद से एक सवाल कीजिए–

मैं जीवन में क्या करना चाहता हूँ?

इसका एक सही और सच्चा जवाब ढूँढ़िए।

इसके बाद खुद से पूछिए कि मैं यह क्यों करना चाहता हूँ?

और आखिर में खुद से पूछिए कि ऐसा करने के लिए मुझे कैसा इंसान बनना होगा?

सफलता कोई जीवन का हादसा नहीं कि यूँ ही खुद हो जाए। अपने अथक प्रयासों से आपको सफलता को अपने जीवन में बुलाना पड़ता है। जीवन में अपना लक्ष्य पाने के लिए आपको अपने दिमाग को सफलता के लिए प्रोग्राम करना होगा, ठीक उसी तरह जिस तरह आप अपने कंप्यूटर के सॉफ्टवेयर को प्रोग्राम करते हैं ताकि आप उसके हार्डवेयर को सही तरह से इस्तेमाल कर सकें।

5. खुद को एक प्रशंसा पत्र लिखें

आपके जीवन में कई ऐसे मौके आए होंगे जब आपने बहुत अच्छा काम किया होगा और अपने काम से बहुत खुश भी हुए होंगे।

ऐसे समय पर खुद को एक प्रशंसा पत्र लिखने का काम करें। उस पत्र में उन सारी परेशानियों और दिक्कतों के बारे में बात करें जो आपने उस काम को करने के लिए झेलीं।

इस पत्र को सँभालकर रख लें। जब भी आप भविष्य में दुखी हों तो इस पत्र को उठाएँ और पढ़ें ताकि आप खुद पर विश्वास कर सकें कि आपने पहले भी दिक्कतों का सामना किया, उनसे उबरकर निकले और जीते, इसीलिए अब यह काम आप दोबारा भी कर सकते हैं। ऐसा करने से आप समय-समय पर होने वाली हताशा और निराशा का सामना अकेले कर सकेंगे।

6. खुद से ऐसे बात करें जैसे आप एक छोटे बच्चे से करते हैं

जब हम किसी छोटे बच्चे से बात करते हैं तो उसने चाहे कितना ही छोटा काम क्यों न किया हो, हम उसकी तारीफ करते हैं और उसे उत्साहित करने का प्रयास करते हैं। हम लगातार उस बच्चे को बताते रहते हैं कि उसने बहुत अच्छा काम किया और और वह इससे भी बेहतर काम कर सकता है। उदाहरण के लिए, जब बच्चा चलना सीख रहा होता है तो वह बहुत बार गिरता है। लेकिन जब वह गिरता है तो हम यह नहीं कहते कि तू अब कभी खड़ा होकर चल नहीं पाएगा। हम उसे यही बताते हैं कि कोई बात नहीं, तुमने बहुत अच्छा काम किया और तुम इससे भी बेहतर काम कर सकते हो। आपको अपने अंदर के बच्चे से बिल्कुल इसी तरह से बात करनी है और उन बातों पर पूरा विश्वास भी रखना है।

7. एक एक्सपर्ट की तरह सोचें

कई बार आप हालात में फँस जाते हैं और आपको कुछ समझ नहीं आता कि अब क्या करें। ऐसे में आपका मन नेगेटिव बातों में उलझने लगता है और आपको इस बात का विश्वास दिलाने की कोशिश करता है कि अब आप कुछ नहीं कर सकते। जब भी आपके मन में इस तरह खुद की काबिलियत पर संदेह आए, तो आप एक एक्सपर्ट की तरह सोचने की कोशिश करें। कल्पना करें कि अगर वह इस परिस्थिति में होता तो क्या सोचता और करता। और फिर वही करें।

8. जहरीले लोगों से दूर रहें

हम ऐसे लोगों से घिरे हुए हैं जो हमें बताते हैं कि हम कुछ नहीं कर सकते, हमसे कुछ नहीं होने वाला और वे हमको इसके कई कारण भी गिना देते हैं। उनकी बातें सुनकर एक पॉजिटिव (सकारात्मक) इंसान के मन में भी नेगेटिविटी (नकारात्मकता) आ जाने का खतरा रहता है। ऐसे लोग हमारे मन में चल रही उमड़-घुमड़ को हवा दे देते हैं। वे लोग ऐसा इसलिए करते हैं, क्योंकि उनको और कुछ नहीं आता है। वे अपने जीवन में कुछ

बड़ा नहीं कर पाए तो दूसरों को भी विश्वास दिलाना चाहते हैं वे भी कुछ बड़ा नहीं कर पाएँगे। ऐसे लोग शायद चाहते ही नहीं कि दूसरे भी कुछ बड़ा करें। ऐसे नेगेटिव लोग आपको बताएँगे कि क्यों आपके सपने पूरे नहीं हो सकते। आपको अपनी काबिलियत पर अगर जरा-सा भी संदेह है तो वे आपके संदेह को विश्वास में बदलने का प्रयास करेंगे। पर आपको यह बात याद रखनी है कि वे आपके बारे में क्या सोचते हैं और क्या कहते हैं वह हकीकत तभी बनेगा जब आप उन पर विश्वास करने लगेंगे।

आपको ऐसे लोगों की बात नहीं सुननी है। जहाँ तक हो सके ऐसे लोगों से दूर रहें। उनसे अपने सपनों के बारे में बातें करना, उनको समझाना बेकार है। आपको उनसे केवल एक ही बात कहनी है कि 'वे अपना मुंह बंद रखें और आपके सामने से दफा हो जाएँ'। अगर आप यह बात उनके मुँह पर नहीं कह सकते तो कम-से-कम अपने दिमाग में तो कह ही सकते हैं!

9. एक दोस्त की तरह खुद का साथ दें

यह खुद को नेगेटिविटी से बचाने का सबसे आसान तरीका है और मेरा पसंदीदा भी। अगर आपका कोई करीबी दोस्त नेगेटिव बातें करेगा, और इस वजह से अपने सपने पूरे नहीं कर पा रहा होगा तो आप क्या करेंगे? आप उसको उस नेगेटिविटी से निकलने के लिए कहेंगे और समझाएँगे।

वही बातें आपको खुद से करनी हैं। मुस्कराइए, उठिए और काम पर लग जाइए।

खुद पर, अपनी असीमित शक्ति और अपने सपनों पर भरोसा रखिए। क्योंकि जो आप सोचते हैं, वही बन जाते हैं।

जब आप अपने सोचने के तरीके पर काम करना शुरू कर देंगे तो समझ लीजिए कि आप खुद को बेहतर बनाने के रास्ते पर एक किलोमीटर की दूरी तय कर चुके हैं। पर जीवन में बदलाव लाने के लिए केवल सोच बदलना ही काफी नहीं है- अपनी आदतों में भी बदलाव लाना पड़ता है। जिन आदतों के अच्छा या बुरा होने का सबसे ज्यादा असर हमारे जीवन पर पड़ता है, उनमें से एक है, अपने समय का सही उपयोग करने की आदत।

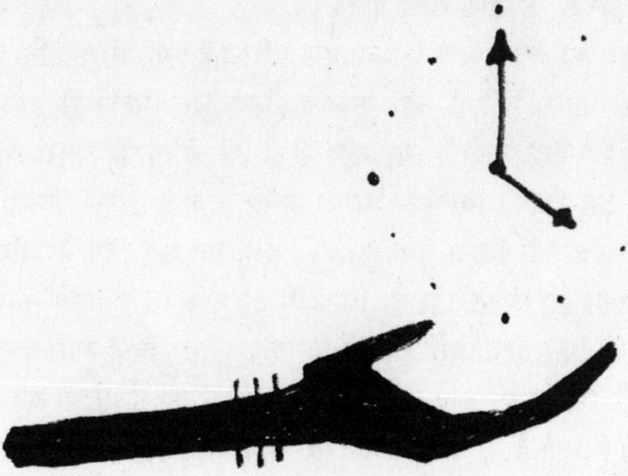

हमारा समय

टाइम, पैसे से ज्यादा मूल्यवान है। आप ज्यादा पैसे कमा सकते हैं पर ज्यादा समय नहीं पा सकते हैं।

–जिम रॉन

यह कौन नहीं जानता कि समय बहुत ही मूल्यवान रिसोर्स है और यह हमेशा कम ही पड़ता है। असल में यह हमें मिलता ही नहीं है। यह तो बस है, इस क्षण में। हर कोई चाहता है कि उसे ज्यादा समय मिले, चाहे वह विद्यार्थी हो, हाउसवाइफ हो, ऑफिस में काम करने वाला कोई व्यक्ति हो, बिजनेसमैन हो या कोई खिलाड़ी हो। क्या आपने कभी नहीं सोचा कि काश, एक दिन में एक या दो घंटे एक्स्ट्रा मिल जाते तो सारे लटके हुए काम पूरे हो जाते या आप एक्सरसाइज कर पाते या पेंटिंग का अपना शौक पूरा कर

पाते या अपने बच्चों के साथ खेल पाते।

यह भी खुद को बेवकूफ बनाने का एक तरीका है। यह सोचना कि दिन के चौबीस घंटे काफी नहीं हैं और कुछ एक्राट्क घंटे मिलने से आपकी सारी समस्याएँ खत्म हो जाएँगी- यह खुद में ही एक बेवकूफी वाला ख्याल है। भगवान ने हम सबको बिल्कुल बराबर समय दिया है। इसमें किसी के साथ कोई भेदभाव नहीं किया गया है। हर किसी के पास दिन में चौबीस घंटे हैं, हर घंटे में 60 मिनट और हर मिनट में 60 सेकेंड। न इससे कम, न इससे ज्यादा। तो फिर ऐसा क्यों होता है कि कुछ लोग अपनी सारी इच्छाएँ पूरी कर लेते हैं, जीवन में सबकुछ पा लेते हैं, करियर की ऊँचाइयों को छूते हैं, अच्छे रिश्ते निभाते हैं, जबकि कुछ दूसरे लोग बस जिंदगी जीते जाते हैं, लाइफ यूँ ही चलती रहती है और वे अपने आस-पास के किसी-न-किसी इंसान या चीज की बुराई करते रहते हैं, खासकर समय की कमी की। हर पर्सनल या प्रोफेशनल सपना जो पूरा न हो सका, जो डेडलाइन हम पूरी न कर सके, जो मौके हमने खो दिए, जो रिश्ते हम बचा नहीं पाए, और न जाने कितनी ही ऐसी बातों का ठीकरा हम बड़ी आसानी से समय की कमी पर फोड़ देते हैं। लोगों को बस बहाने चाहिए होते हैं ताकि वे अपने जीवन की असफलताओं के लिए किसी को दोषी ठहरा सकें। और समय की कमी एक सबसे आसान बहाना है।

समय के सदुपयोग की आदत का असर हमें बचपन से ही दिखने लगा था। हमारी क्लास में टॉपर बच्चे बहुत पढ़ने वाले और समय बर्बाद न करने वाले होते थे। जो खेल में बहुत अच्छे थे वे पढ़ने में समय बर्बाद नहीं करते थे। और जो कुछ नहीं करते थे वे समय की कमी की शिकायत करते थे। वो बात अलग है कि ये बातें तब समझ नहीं आती थीं।

मुझे यह समझ नहीं आता कि इस मॉडर्न जमाने में जब हमारे पास हर तरह की टेक्नोलॉजी है, गैजेट है, एप है, प्लानर है, फिर भी ऐसा कैसे है कि हमारे पास समय की इतनी कमी है जो शायद मनुष्यों को पहले कभी नहीं हुई। विज्ञान ने हमारे टांसपोर्टेशन, कम्युनिकेशन, काम करने के तरीकों, इन सभी की गति और कुशलता इतनी बढ़ा दी है, फिर भी हम हमेशा दौड़ रहे

हैं और हर शेड्यूल में लेट होते जा रहे हैं

यहाँ यह बात बड़ी मजेदार है कि लोगों के पास गप्पें मारने, पार्टियों में जाने, टीवी देखने, सोशल मीडिया पर समय बिताने, सर्फिंग करने और ऐसे ही मजे के काम करने के लिए बहुत समय होता है। और जब इन्ही लोगों को कोई प्रोजेक्ट पूरा करना होता है, कोई एग्जाम देना होता है या किसी मीटिंग में पहुँचना होता है तो अचानक समय कम पड़ जाता है। ये लोग इतने बिजी होते हैं कि इनके पास अपने परिवार के लिए समय नहीं होता। यह किसकी गलती है- समय की, टेक्नोलॉजी की या टाइम मैनेजमेंट की या फिर हमारा काम करने का तरीका ही गलत है ?

सबसे पहले हमें यह समझने और मानने की जरूरत है कि समय बहुत मूल्यवान है और हम इसे पकड़कर नहीं रख सकते। न तो हम इसे छू सकते हैं, न महसूस कर सकते हैं, न देख सकते हैं, न सँभालकर रख सकते हैं, न पकड़ सकते हैं, न बचा सकते हैं, और न ही मैनेज कर सकते हैं। हम केवल समय को घड़ी में बीतता हुआ देख सकते हैं। समय तो बीतता ही रहेगा चाहे आप कुछ करें या न करें। आप आराम से बैठकर घड़ी को देखिए, समय को बीतता हुआ देखिए पर आप उसे रोक नहीं सकते।

आपने टाइम मैनेजमेंट के बारे में बहुत कुछ पढ़ा और सुना होगा। पर असल में आप टाइम को मैनेज नहीं कर सकते, आप उसे केवल खर्च कर सकते हैं- समझदारी के साथ। आपको खुद को मैनेज करना होगा ताकि आप अपने समय को सही तरीके से बेहतर उपयोग में ला सकें। हम कोई एक ऐसी आम गाइड बुक नहीं बना सकते जिसको पढ़कर सब जान जाएँ कि समय का सदुपयोग कैसे करना है। हम कुछ ऐसे सिद्धांत समझ सकते हैं जिनको ध्यान में रखने से हम अपने समय का सही उपयोग कर सकते हैं और सफलता प्राप्त कर सकते हैं। आपको अपना दिन और हर मिनट किस तरह से बिताना है, यह केवल आप समझ सकते हैं। आपको ही यह फैसला करना है कि आप अपने काम, रिश्ते, मजे को साथ लेकर कैसे चलें ताकि आप खुश रहें।

0 समय की कमी से कैसे उबरें

चलिए, कुछ ऐसे सिद्धांतों की बात करते हैं जो आपको बताएँगे कि आप खुद को कैसे मैनेज करें ताकि जिंदगी में आपको कभी दोबारा समय की कमी का रोना न रोना पड़े और आप इतना काम कर सकें जितना आपने पहले कभी नहीं किया हो।

1. सचेत रहें - सबसे पहले आपको इस बात के प्रति सचेत रहना है कि समय बहुत मूल्यवान है और कम है और आप इसे जितना चाहे उतना बर्बाद नहीं कर सकते। एक बार जब आप काम करते हुए, बात करते हुए, चलते हुए, इस सचेत अवस्था में रहना सीख लें तो आप खुद-ब-खुद उस क्षण में जीना सीख जाएँगे। आप जब भी अपना समय बर्बाद करेंगे या किसी बेकार के काम में उलझने लगेंगे, खुद को चैक कर पाएँगे।

समय बर्बाद करने वाले बेकार के काम वे होते हैं जिनका आपके काम करने की क्षमता पर कोई अच्छा असर नहीं पड़ता। उनसे केवल हमारा समय खराब होता है। उदाहरण के लिए, अगर आप एक विद्यार्थी हैं तो कोई भी ऐसा काम जो आपकी पढ़ाई या कौशल को न बढ़ाता हो, आपके लिए बेकार है।

कुछ काम ऐसे भी होते हैं जिनको करने से हमारी कार्यकुशलता पर बुरा असर पड़ता है। इनसे हमारी एनर्जी कम होती है। ये न केवल हमारा समय बर्बाद करते हैं बल्कि सही कामों से हमारा ध्यान भी हटाते हैं। उदाहरण के लिए, गप्पें मारना, टीवी देखना, बेमकसद नेट सर्फिंग करना, सोशल मीडिया पर समय बिताना आदि।

हम काम करते समय ज्यादा दिमाग नहीं लगाते। जो भी काम सामने पड़ता है हम उसे करते जाते हैं। पर यदि हम कोई भी काम करने से पहले खुद से ऐसे कुछ सवाल पूछें तो हम अपने आपको समय बर्बाद करने से रोक सकते हैं-

मैं क्या कर रहा हूँ?
मैं यह क्यों कर रहा हूँ?
यह काम करने की वजह से मैं क्या काम नहीं कर पा रहा हूँ?
यह काम करने का क्या परिणाम होने वाला है?
क्या यह काम मेरे आज के या सालभर के किसी प्लान का हिस्सा है?

यह सब सोचने के लिए आपको केवल कुछ ही सेकेंड लगते हैं और आप बड़ी आसानी से यह जान सकते हैं कि आपको इस समय यह काम करना चाहिए कि नहीं। अगर आपका दिमाग आपको यह संकेत दे रहा है कि आपको यह काम नहीं करना चाहिए तो आपको तुरंत सही फैसला लेना चाहिए।

यह एक बहुत जरूरी आदत है और जब तक आप इसको अपनाएँगे नहीं तब तक आपको इसकी कीमत का अंदाजा नहीं हो सकता। हर काम की अवसर लागत (अपॉर्च्युनिटी कॉस्ट) है। इसका मतलब होता है कि जब आप एक काम को चुनते हैं तो उसके बदले में होने वाले बाकी सारे अवसरों को आप छोड़ देते हैं। वे सारे दूसरे अवसर जो आपने खो दिए, वे उस एक काम को चुनने की कीमत हैं। उदाहरण के लिए, जब आप अपने दोस्तों के साथ घूमने जाने का फैसला करते हैं जबकि असल में आपको टेस्ट के लिए पढ़ना चाहिए था तो आप उस टेस्ट में फेल होने की कीमत को अदा करने के लिए तैयार हैं। दोस्तों के साथ घूमने जाने के मजे लेने के लिए आप टेस्ट में फेल होने का खतरा उठाने को तैयार हैं।

2. अपने शारीरिक कोड को समझें - आपको लगेगा कि हम टॉपिक से भटक रहे हैं। लेकिन मेरा मानना है कि यह बहुत जरूरी है कि हम अपने अनोखे शारीरिक कोड को समझें ताकि हम ज्यादा से ज्यादा और बेहतर काम कर सकें। ऐसा करने से ही हम अपने मजे के लिए भी समय निकाल पाते हैं।

हर इंसान की अपनी एक अलग बायोलॉजिकल घड़ी होती है। दिन के जिस समय आप सबसे अच्छा काम कर सकते हैं जरूरी नहीं कि आपके

भाई–बहन और दोस्त भी उसी समय अच्छा काम करें। दिन के जिस समय आपको सुस्ती आती है वह भी दूसरों से अलग हो सकता है। हमारे लिए इस शारीरिक कोड को समझना बहुत जरूरी है ताकि हम बेहतर काम कर सकें। आप अपने बचपन से अपनी दिनचर्या के बारे में सोचेंगे तो आप एक पैटर्न ढूँढ़ पाएँगे जिससे आपको इन सवालों के जवाब मिल जाएँगे–

मुझे सुबह जल्दी उठना पसंद है या देर रात तक जागना?
जब मैं सुबह उठता हूँ तो सबसे पहले मैं किस तरह का काम करना पसंद करता हूँ?
क्या मुझे दिन में एक पावर नैप लेनी पड़ती है? यदि हाँ तो किस समय और कितनी देर के लिए?
मुझे रात में कितने घंटे की नींद चाहिए होती है कि मैं सुबह तरोताजा उठूँ?
मुझे रोज किस समय सोने जाना चाहिए?
मुझे सोते समय किस करवट लेटना चाहिए? क्या किसी खास करवट में मुझे ज्यादा जल्दी या ज्यादा अच्छी नींद आती है?
सुबह उठने पर मेरा क्या रुटीन हो जो मुझे दिनभर के लिए तैयार करे?
दिन के किस समय मैं काम करने के लिए सबसे ज्यादा उत्साहित रहता हूँ?

इन सवालों के जवाब ढूँढ़ने से आप अपने दिन का बेहतरीन तरीके से उपयोग करने की तरफ पहला कदम बढ़ाएँगे। सुबह जल्दी उठना कई एक्सपर्ट्स के अनुसार एक बहुत अच्छी आदत है। कई सफल लोग अपनी सफलता का श्रेय अपनी इसी आदत को देते हैं। लेकिन हर इंसान को अपने शरीर के अनुसार सही दिनचर्या तय करनी चाहिए। हो सकता है आपके शरीर को सुबह जल्दी उठना पसंद न हो और आप रात में बहुत अच्छा काम कर पाते हों। अगर आपको जरूरत महसूस हो तो आप थोड़ी–सी मेहनत करके अपनी दिनचर्या को आवश्यकता के अनुसार बदल भी सकते हैं।

3. स्वस्थ रहें – समय बचाने के लिए स्वस्थ रहना बहुत जरूरी है। क्यों? जरा सोचिए कि अगर आप बीमार हो जाएँ और आपको कई दिनों के लिए छुट्टी लेनी पड़े तो आपका कितना समय बर्बाद होगा। सोचिए, आपको कितनी बार डॉक्टर के पास जाना होगा, कितना खर्च करना पड़ेगा। आप इसे रोक सकते हैं। हालाँकि आमतौर पर हम अपने शरीर का ध्यान नहीं रखते, क्योंकि यह सोचते हैं कि हम बहुत व्यस्त हैं। न हम ढंग से खाना खा पाते हैं, न एक्सरसाइज करते हैं। पर जब हम बीमार पड़ते हैं तो वही समय जो हम बचाने की कोशिश कर रहे होते हैं, खराब हो जाता है। अतः इससे बेहतर है कि हम अपना ध्यान रखें, स्वस्थ रहें और अपना समय बचाएँ। ऐसा करने के लिए हम कुछ सरल नियमों का पालन कर सकते हैं–

क. सुबह उठकर नाश्ता जरूर करें जिसमें प्रोटीन की अच्छी मात्रा हो। ऐसा करने से आपका दिन अच्छा शुरू होता है, आपके पास खूब एनर्जी रहती है और आप ज्यादा अच्छा काम कर पाते हैं।

ख. दिन में कम-से-कम तीन लीटर पानी जरूर पिएँ।

ग. पूरे दिन भर में पाँच या छह बार में थोड़ा-थोड़ा खाना खाएँ, न कि एक या दो बार में ही बहुत सारा।

घ. अपने पास ड्राईफ्रूट्स, चने, मूँगफली या ऐसे ही आसानी से रखे जाने वाले नाश्ते रखें ताकि जब भी आपको भूख लगे तो आपका हाथ जंकफूड की तरफ न जाए।

च. दिन में कम-से-कम 30 से 40 मिनट के लिए कुछ-न-कुछ एक्सरसाइज जरूर करें। अगर आपके पास समय की कमी है तो इस 30 या 40 मिनट को तीन या चार बार में बाँट सकते हैं।

छ. यह सबकुछ करने के बाद भी यदि आपको ऐसा लग रहा है कि आपके शरीर में कहीं कुछ गड़बड़ है, आप लगातार थकान महसूस कर रहे हैं, फोकस नहीं कर पा रहे हैं तो आपको किसी अच्छे डॉक्टर को दिखाना चाहिए, न कि पूरी तरह बीमार पड़ जाने का इंतजार करना चाहिए।

4. गोल निधारित करें – आप अपने समय का सही उपयोग तभी कर पाएँगे जब आप अपने लिए कोई गोल निर्धारित करें। यह अपने समय का सबसे अच्छा उपयोग करने का सही तरीका है। अगर आप ध्यान से सोचें तो पाएँगे कि आप अपने समय को सही से प्रयोग में तब तक नहीं ला सकते जब तक आपको यही पता न हो कि आपको करना क्या है। जरा याद करिए, जब ऑफिस की इंपोर्टेंट डेडलाइन थी या जब आपकी एक जरूरी परीक्षा थी तो कैसे आपने मन लगाकर बहुत कम समय में बहुत सारा काम किया था। आप ऐसा इसलिए कर पाए थे, क्योंकि आपके सामने एक तयशुदा गोल था। आपको पता था कि आपको क्या करना है इसलिए आपका सारा फोकस उसी काम पर था। ऐसा करने की वजह से आप अपना काम बिल्कुल सही समय में बहुत अच्छी तरह से कर पाए थे।

जब आप अपनी लाइफ में हर रोज बिल्कुल परीक्षा से पहले वाली तात्कालिकता (अर्जेंसी) लाएँगे तभी आप अपने गोल को पा सकते हैं, और यह अर्जेंसी तभी आएगी जब आपके लाइफ के लक्ष्य (गोल) निर्धारित होंगे। हर रोज, हर हफ्ते और हर महीने के गोल आपके दीर्घकालिक (लांग टर्म) के गोल के साथ मिलते होने चाहिए ताकि हर रोज काम करते समय आपको पता हो कि आप एक बहुत बड़े लक्ष्य के लिए काम कर रहे हैं। ऐसा करने से आप ज्यादा अच्छा फोकस कर पाएँगे और अपनी प्रगति को ढंग से जाँच पाएँगे। गोल सैटिंग करना अपने सपने और इच्छाओं को हकीकत में बदलने का सबसे आसान तरीका है। गोल सैटिंग शुरू करने के लिए आप केवल एक पेपर और पेन लेकर बैठ सकते हैं और अपने गोल को लिख सकते हैं। आप ऐसा न समझें कि ऐसा करने से क्या होगा। जब आप इस लिखित लक्ष्य को रोज पढ़ेंगे तो इसका आपके दिमाग पर बहुत गहरा असर होगा। अपने सपने के बारे में केवल एक धुँधली-सी तस्वीर देखना या उसके बारे में दिन के ख्यालों में सोचना काफी नहीं; आपको इन गोल्स को पेपर पर उतारना होगा, उनको रोज देखना होगा और रोज उनको पढ़ना होगा और खुद को याद दिलाना होगा कि जो सपने आपने देखे हैं, ये वही हैं और आपमें इनको पूरा करने की शक्ति भी है।

पूरी दुनिया के सफलतम लोगों ने कई बार अपने गोल्स को पेपर पर उतारने के बारे में बहुत कुछ बोला और लिखा है, कंपनीज भी हमेशा से ऐसा करती आई हैं पर हम लोग आमतौर पर यह नहीं करते। कारण = कोई हमें कोई यह सिखाता नहीं है। लिखने के अलावा एक और अच्छा तरीका है, अपने लक्ष्य की तस्वीर बनाना। आप अपने भविष्य को कैसे देखते हैं इसमें अपनी क्रिएटिविटी का उपयोग करके आप एक चित्र (पिक्चर) बना सकते हैं। वह चित्र दर्शाएगा कि आपकी लाइफ 10 या 20 साल बाद कैसी दिखेगी। जब आप उस पिक्चर को रोज देखेंगे तो आप में वही चेतना भरेगी और आप अपने काम पर ज्यादा फोकस करेंगे। आप एक विजन बोर्ड भी बना सकते हैं जिस पर उन सारी चीजों की पिक्चर लगाएँ जिन्हें आप अपनी लाइफ में पाना चाहते हैं। हर रोज इस विजन बोर्ड को देखने से उन सपनों को पूरा करने की आपकी इच्छा तीव्र होगी और आप प्रतिदिन अपने सपनों को पूरा करने के लिए मन लगाकर काम कर पाएँगे। अगर हमारी नजर अपने लक्ष्य पर न हो तो हर छोटी बात या घटना हमारा ध्यान भटका सकती है। ऐसा इसलिए होता है, क्योंकि हमें अपना काम करने की कोई ज्यादा जल्दी नहीं होती है। हम आराम से अपने काम में लगे हैं और यही सोच रहे हैं कि अभी तो बहुत समय पड़ा है। पर जब यही काम हम फोकस से करते हैं और यह मानकर चलते हैं कि समय सीमित है तो छोटी-छोटी घटनाएँ हमारा ध्यान खींच ही नहीं पातीं।

आप जानते हैं कि आपको पढ़ाई करनी है, अपना प्रोजेक्ट पूरा करना है, कोई टेंडर जमा करना है, आपको एक रिपोर्ट बनानी है या जरूरी प्रश्नों के उत्तर देने है; जो भी है आपको पूरा करना है। फिर भी आप उसको टालते रहते हैं। आप सोचते हैं कि थोड़ी-सी बात कर लूँ फिर काम कर लूँगा; थोड़ा इंटरनेट पर देख लूँ फिर काम कर लूँगा; थोड़ी-सी शॉपिंग कर लूँ फिर काम कर लूँगा; थोड़ा-सा कुछ पढ़ लूँ फिर काम कर लूँगा या व्हाट्सएप या फेसबुक पर कुछ देख लूँ उसके बाद काम कर लूँगा। फोन पर हल्की-सी घंटी बजते ही आपका ध्यान उस पर चला जाता है। आप फोन में देखने लग जाते हैं और देखते-देखते पता ही नहीं चलता कि कब आप

उस पूरे समुद्र में डूब गए और आपका सारा समय बेकार चला गया – वह समय जो दुबारा कभी लौटकर नहीं आएगा।

5. व्यवस्थित रहें – यदि हम अपने घर और ऑफिस को व्यवस्थित रखें तो इससे हमारा बहुत समय बचता है। वह कीमती समय जो हम चीजों को ढूँढ़ने में, यहाँ-वहाँ देखने में खराब करते हैं, उसे हम बचा सकते हैं। सुबह-सुबह जब आप ऑफिस के लिए निकल रहे होते हैं तो समय बहुत कम होता है लेकिन वह समय चाबियाँ ढूँढ़ने, कुछ जरूरी डॉक्युमेंट देखने, उस दिन के कपड़े चुनने, किचन का कोई सामान ढूँढ़ने और ऐसे ही छोटे-मोटे कामों में व्यर्थ चला जाता है। थोड़ा-थोड़ा करके हम कुछ मिनट गँवा देते हैं और फिर जब लेट होने लगते हैं तो हमें चिड़चिड़ाहट (इरिटेशन) होने लगती है। उस खीझ के कारण कई बार हमारा मूड बहुत ज्यादा खराब हो जाता है। हम गुस्सा हो जाते हैं और यह गुस्सा और खीझ हमें दिनभर प्रभावित कर सकती है। कई बार यह गुस्सा और चिड़चिड़ाहट दूसरे लोगों पर भी निकल जाती है।

अगर हम अपने घर को व्यवस्थित रखें और सुबह आने वालों कामों की तैयारी पहले से ही कर लें तो हमें सुबह का वह जरूरी समय गँवाना नहीं पड़ेगा और हमारे दिन की शुरुआत सही मूड में होगी। ऑफिस में अपनी डेस्क को व्यवस्थित रखना भी जरूरी है। जो भी आपकी डेस्क है, उसमें आपका जो पर्सनल है या ऑफिस के डॉक्युमेंट हैं उनको आप तरीके से लगा सकते हैं; अपने काम करने की फाइलों को ठीक से नंबरिंग कर व्यवस्थित रख सकते हैं; जो भी फाइलें आपके पास आई हैं या आपके पास से गई हैं उन सबकी मार्किंग करके अर्जेंट या नॉनअर्जेंट में बाँटकर अलग-अलग जगहों पर रख सकते हैं। ऐसा करने से आपकी जरूरी चिट्ठियाँ और डॉक्युमेंट कभी भी इधर-उधर नहीं होंगे और घंटों उनको ढूँढ़ने में आपको अपना समय बर्बाद नहीं करना पड़ेगा।

आप अपने अगले दिन की तैयारी भी पहले से शुरू कर सकते हैं। रात में सोने जाने से पहले आपको यह स्मरण रहना चाहिए कि अगले दिन आपको क्या-क्या करना है। ऐसा करने से सुबह उठने पर आपको पता होगा

कि आपका उस दिन का टारगेट क्या है। आपकी लिस्ट में दिनभर के जो भी काम हैं उनके साथ आपको उनका निर्धारित समय भी लिखना चाहिए। ऐसा करने से आप खुद-ब-खुद अपना एक टाइम शेड्यूल बना लेंगे और आपको यह भी पता होगा कि उसमें से पहले कौन-सा काम करना है और बाद में कौन-सा। यह आपके सभी कामों को समय पर पूरा करने के चांसेस बहुत ज्यादा बढ़ा देता है। मेरा ऐसा मानना है कि सुबह सबसे मुश्किल और थकाने वाला काम सबसे पहले कर लेना चाहिए। जब हम ऑफिस पहुँचते हैं तो हम एकदम फ्रेश होते हैं और उस समय किसी भी प्रकार की चुनौती का सामना करने के लिए सबसे ज्यादा तैयार रहते हैं; तो अगर हम सबसे मुश्किल और ज्यादा पसंद न आने वाले काम को सुबह-सुबह शुरू कर देते हैं तो अपनी हाई एनर्जी के कारण उसे जल्दी ही पूरा भी कर सकते हैं।

उदाहरण के लिए, एक विद्यार्थी जिसको पढ़ाई करनी है, उसे सबसे मुश्किल सबजेक्ट सबसे पहले पढ़ना चाहिए; एक सैल्समेन जिसे कस्टमर को फोन लगाकर बात करना बहुत ही मुश्किल लगता है, उसे सबसे पहले यही काम चुनना चाहिए। ऐसा करने से दो फायदे होते हैं- एक तो आपको इस बात की खुशी रहती है कि आपने अपने दिनभर का सबसे मुश्किल काम पूरा कर लिया और दूसरा, बाकी कामों के प्रति आप बहुत उत्साहित रहते हैं, क्योंकि अब आपको पता होता है कि जो भी काम आपको करने हैं वे ज्यादा मजेदार और आसान होने वाले हैं। लेकिन यदि आप अपना दिन आसान और मजेदार कामों से शुरू करेंगे तो जब तक वे पूरे होंगे, तब तक आप थक चुके होंगे और ब्रेक लेना चाहेंगे। फिर ब्रेक लेने के दौरान आप आगे आने वाले मुश्किल कामों से डरेंगे और उस ब्रेक को लंबा करते जाएँगे। जाहिर है, आप जब तक उस काम तक पहुँचेंगे, आपका जोश काफी ठंडा हो चुका होगा और उस काम को निर्धारित समय में पूरा कर पाने की संभावनाएँ बहुत कम हो जाएँगी। इसी तरह से हमारे जरूरी काम टलते रहते हैं।

अपने पूरे दिन में आपको बहुत देर तक बैठने का जो भी समय मिलता है, वह समय आपको जरूरी कामों के लिए रखना चाहिए। ऐसा करने से फायदा यह होता है कि हम उस लंबे अंतराल में उसी काम पर फोकस करते

हैं। जब किसी काम में डूबे होने के कारण हमारी पूरी एनर्जी और ध्यान उसी पर लग जाते हैं तो वह काम ज्यादा अच्छा हो पाता है, जल्दी होता है और हमें ज्यादा मजा भी आता है। जब हम इस तरह से फ्लो में रहकर अच्छा काम करते हैं तो उसका असर हमारे बाकी के दिन पर भी अच्छा ही पड़ता है। अपने दिन का सबसे आलस वाला समय अपने कम महत्वपूर्ण कामों के लिए रखना चाहिए। अपने दिन का अहम समय हमें फालतू की चीजों, जैसे- सोशल मीडिया, ई-मेल भेजना, फोन पर गप्पें मारना, यूँ ही किसी के हाल-चाल पूछना, चाय-कॉफी पीना जैसे कामों के लिए वेस्ट नहीं करना चाहिए। अगर हम अपना सही और कीमती समय इन सारी गतिविधियों में बिताएँगे तो हमारे पास अपना महत्वपूर्ण काम करने का समय ही कहाँ बचेगा? ये सारे काम उस समय को तो वेस्ट करते ही हैं, साथ ही इन सभी गतिविधियों का असर हमारे बाकी के दिन पर भी पड़ता है, क्योंकि इस दौरान हम ऐसे लोगों से बात कर रहे होते हैं जो अपने काम में ज्यादा दिलचस्पी नहीं रखते, वे सिर्फ टाइम पास करने में लगे रहते हैं। ऐसे लोगों से बात करके, काम के बारे में उनके आलस्य भरे विचार सुनकर और उनसे दूसरों की बुराई सुनने के बाद हमारा भी मन काम में कम लगता है। इस नेगेटिव एटीट्यूड का असर हमारे काम में भी दिखने लगता है।

हमें अपने दिन को इस तरह से प्लान करना चाहिए कि ऑफिस से कोई भी काम घर ले जाकर न करना पड़े। ऑफिस के काम को घर लाने का मतलब है कि हम ऑफिस में अपने काम को सही ढंग से नहीं कर पा रहे हैं। ऐसा करने से हमारी पर्सनल लाइफ पर भी बुरा असर पड़ता है। अगर हम दोनों को ठीक से बैलेंस नहीं कर पाते तो इससे पता चलता है कि हम अच्छे मैनेजर नहीं हैं और फिर इसका असर हमारी जिंदगी पर भी पड़ने लगता है।

6. अपने रुटीन को ऑटोमेटिक बनाइए – जहाँ तक हो सके अपने रुटीन को ऑटोमेटिक बना लेने में ही भलाई है। इसका मतलब यह नहीं कि आप बस बिना दिमाग लगाए यूँ ही चलते रहें। इसके बिल्कुल उलट, ऑटोमेटिक रुटीन का मतलब है कि आप अपने पूरे दिन के शेड्यूल को

ध्यान से देखें और ऐसा सिस्टम बनाएँ जिसमें रोजमर्रा के साधारण-से काम करने और छोटे-मोटे फैसले लेने के लिए आपको हर रोज अपना समय खराब न करना पड़े।

जब आप फ्री होते हैं तो अपने रोज के कार्य, जैसे- सुबह उठना, तैयार होना, नाश्ता करना, काम के लिए जाना और ऐसे ही दूसरे कामों के बारे में विचार कर लें। इस तरह से अपने काम करने का एक प्रोग्राम बनाएँ और हर काम के लिए एक समय निर्धारित कर दें। कोशिश करें कि आप हर काम को उसके निर्धारित समय से कम में ही पूरा कर लें और बेहतर भी कर पाएँ। आपको ज्यादा कुछ सोचना न पड़े ताकि आपका स्ट्रेस भी कम हो। इससे आपके चेतन दिमाग पर कम स्ट्रेस पड़ता है और वह जरूरी बातों पर ज्यादा ध्यान दे पाता है।

हर रोज, हर महीने जो जरूरी काम आपको करने ही पड़ते हैं, उन्हें या तो किसी और को सौंप दें या फिर ऑटोमेटिक बना लें। इससे आपको बार-बार वही काम करने के लिए समय नहीं लगाना पड़ेगा।

उदाहरण के लिए, हर महीने आपको जो बिल भरने होते हैं उनके लिए इलेक्ट्रॉनिक पेमेंट सिस्टम बना लें। ऐसा करने से आपका बहुत सारा समय और मेहनत बचेगी।

बड़ी-बड़ी कंपनियाँ रोजमर्रा के काम करने के लिए एक प्रक्रिया इसीलिए बनाती हैं ताकि उसका प्रयोग करने से लोगों का समय और पैसा बचे। यदि कंपनियाँ अपने लंबे-चौड़े और मुश्किल प्रोसीजर के लिए सिस्टम बना सकती हैं तो आप - जो कि अपनी लाइफ के सीईओ हैं - अपने लिए तो यह कर ही सकते हैं।

7. जहाँ तक हो सके काम बाँट दें - दूसरों पर विश्वास करना कि वे काम ढंग से कर पाएँगे - यह एक बहुत बड़ी चुनौती है। दूसरे व्यक्ति को अपना काम न बाँटने का यही सबसे बड़ा कारण है। पर उसका असर यह होता है कि हमारे पास ज्यादा जरूरी काम करने के लिए समय कम बचता है। हम वे सारे काम करने में अपना कीमती समय गँवा देते हैं जो कोई दूसरा व्यक्ति - जो कि कम पढ़ा-लिखा, कम अनुभव वाला और कुछ कम

कार्यकुशलता वाला हो - भी कर सकता था। पर जब आप अपने गैरजरूरी काम दूसरे लोगों में बाँट देते हैं तो आप केवल वही काम करने में अपना समय लगा सकते हैं जो कि सिर्फ आप ही कर सकते हैं।

आपको यह बात समझनी होगी कि आप हर काम हमेशा खुद नहीं कर सकते। चाहे आप कितने ही कुशल या मेहनती क्यों न हों, सभी काम करने के लिए समय कभी भी पूरा नहीं पड़ेगा। यदि आप इस साधारण-सी बात को नहीं समझ पाए तो अपने हर काम को खुद करने की कोशिश करेंगे। ऐसा करते हुए आप खुद को थका डालेंगे और धीरे-धीरे कुछ समय में ही इसका असर आपकी सेहत और धैर्य पर भी पड़ेगा। बहुत संभावना है कि आप गैरजरूरी कामों में पहले ही समय खपा दें और जरूरी कामों के लिए आपके पास समय ही न बचे। और इस सबके साथ आप आराम करने या पसंद का कोई काम करने के लिए तो समय निकाल ही नहीं पाएँगे।

काम करने का यह तरीका सिरे से ही गलत है। अपने आस-पास के सफल और खुश लोगों को देखिए। अगर आप ध्यान से उन्हें देखें तो यह बखूबी समझ जाएँगे कि ऐसे लोग केवल उन्हीं कामों में अपना समय लगाते हैं जो उनके लिए ज्यादा जरूरी हैं। यदि आप जीवन में बहुत कार्यकुशल और निपुण बनना चाहते हैं तो उसका यही एकमात्र तरीका है।

अपने काम के आधार पर आप पहचान सकते हैं कि आपका सबसे जरूरी काम कौन-सा है। इन जरूरी कामों को आप 'मुख्य परिणाम क्षेत्र' (की-रिजल्ट एरियाज) में बाँट सकते हैं। चाहे आप पढ़ाई करते हों, घर सँभालते हों, सेल्समैन हों, बिजनेसमैन हों या किसी ऊँचे पद पर काम करने वाले व्यक्ति हों, आपके सभी कामों और जिम्मेदारियों के आधार पर केवल दो या तीन ऐसे काम होंगे जो बहुत जरूरी होंगे। यही वे काम होंगे जो आपके रोल और पोजीशन के लिए जरूरी होंगे और इन कामों को ठीक तरह से करना ही आपकी मुख्य जिम्मेदारी होगी। यही आपके 'मुख्य परिणाम क्षेत्र' हैं। अगर आपने इन कामों को ठीक तरह से कर लिया तो बाकी सारे काम तो अपने-आप हो ही जाएँगे। एक बार आपने ये काम पूरे कर लिए तो बाकी सारे काम जो कि आपके काम का छोटा-छोटा हिस्सा हैं, किसी

दूसरे को भी सौंप सकते हैं। थोड़ी समझदारी वाला कोई भी अन्य व्यक्ति उस काम को आपके लिए कर देगा। उसे काम सीखने में थोड़ा समय जरूर लगेगा लेकिन वह सीख जाएगा। अपना विश्वास बनाए रखिए।

8. प्राथमिकता सूची बनाएँ – जब आप अपने गैरजरूरी और रोजमर्रा के कामों को ऑटोमेटिक कर चुके हों या दूसरों को सौंप चुके हों, तब बचे हुए सारे समय में आपको अपने असली कामों पर फोकस करना है। अब आपको ऐसे मुख्य काम करने हैं जो केवल आप ही कर सकते हैं। लेकिन आप इन सारे कामों को एक साथ नहीं कर सकते इसलिए यह जरूरी है कि आप अर्जेंसी और महत्व के हिसाब से इन सारे कामों का एक क्रम बनाएँ। जो काम इस समय सबसे ज्यादा जरूरी है और जिसका आपके भविष्य पर सबसे ज्यादा असर पड़ेगा वो काम आपकी लिस्ट में नंबर-एक पर होना चाहिए।

9. दोहरे खतरों से बचें – समय को बर्बाद करने वाले दो सबसे बड़े खतरों को आपने खुद ही अपने आस-पास रखा हुआ है। सुनने में यह अजीब लगता है पर आपको पता ही नहीं चलता कि ये दोनों खतरे किस तरह से आपका मूल्यवान समय और एनर्जी खींच लेते हैं और उसके बाद आप थके हुए और हताश-सा महसूस करते हैं।

ये दो खतरे हैं- 'गलत लोग' और 'टेक्नोलॉजी'।

ये दोनों आपके आस-पास 24 घंटे मौजूद रहते हैं। आपको इनके होने की इतनी आदत पड़ चुकी है कि आप किस तरह इन पर अपना समय बर्बाद कर रहे हैं, आपको पता ही नहीं चलता। ये हमारे लिए उतने ही जरूरी हो चुके हैं जैसे कि साँस लेना, और हमें लगता है कि इनके बिना तो हम रह ही नहीं सकते।

पहला खतरा है, गलत लोग। आपको अपने आस-पास ऐसे लोगों को पहचानना होगा जो आपका जरूरी समय अपनी बेकार की बातों या रोने-धोने या खुद की तारीफ करने में बर्बाद कर देते हैं।

इनके पास आपको देने के लिए ज्यादा कुछ नहीं होता। न ये आपके काम आ सकते हैं और न आपके अच्छे दोस्त बन सकते हैं। ये केवल

अपनी नेगेटिविटी से अपने आस-पास के लोगों को थकाने का काम करते हैं। इन लोगों से बात करने के बाद आप शारीरिक और मानसिक तौर पर बहुत थका हुआ महसूस करने लगते हैं। लेकिन आप यह बात इनसे कह भी नहीं पाते और इनसे बच भी नहीं पाते।

आप ऐसे लोगों की पहचान आसानी से कर सकते हैं। जब आप लोगों से मिलते हैं तो उनके जाने के बाद आप कैसा महसूस करते हैं?

अगर किसी से मिलने के बाद आप पॉजिटिव, उत्साहित और आत्मविश्वास से भरे हुए हैं तो इसका मतलब है कि उस इंसान से मिलना आपके लिए अच्छा है। लेकिन यदि किसी व्यक्ति से मिलने के बाद आप नेगेटिव, हताश और निराश महसूस करते हैं तो इसका मतलब है कि उससे आपको नहीं मिलना चाहिए। जब आपको यह एहसास हो जाए तो अपने दिमाग की सुनें और ऐसे लोगों से दूर रहें।

दूसरा खतरा है, टेक्नोलॉजी। तकनीक ने निस्संदेह हमारे जीवन जीने के तरीके को बहुत बेहतर बनाया है लेकिन यह बहुत जरूरी है कि हम अपनी असल जिंदगी और वर्चुअल जिंदगी में अंतर रख पाएँ। असली जिंदगी में रहने का मतलब है शारीरिक और मानसिक रूप से उस पल में रहना, लोगों और बातों का आनंद लेना और जरूरत के अनुसार मेहनत करना।

पर आजकल होता यह है कि हमें अपनी वर्चुअल लाइफ ज्यादा मजेदार लगती है। ऐसा इसलिए होता है, क्योंकि यह मानसिक रूप से हमें किसी अन्य समय और जगह पर ले जाती है जो हमारी असल जिंदगी से अलग होते हैं- चाहे हम टेलीविजन देख रहे हों, ई-मेल चेक कर रहे हों, इंटरनेट पर कुछ ढूँढ़ रहे हों या सोशल मीडिया पर समय बिता रहे हों। जब भी हम यह सब नहीं कर रहे होते तो हमें लगता है कि कहीं कुछ छूट न जाए। इस वर्चुअल दुनिया में होने वाली सभी बातें हमें इतनी जरूरी लगने लगती हैं कि हम अपने जीवन के असल कामों को छोड़कर इन पर ज्यादा ध्यान देने लगते हैं। कभी-कभी ऐसा लगता है कि स्मार्ट फोन और इंटरनेट ने हमें सम्मोहित कर दिया है और उसे देखते रहने के अलावा हमारे पास कोई चारा ही नहीं है। यहाँ समझने वाली बात यह है कि अगर कोई बात या खबर

सचमुच आपके लिए जरूरी है तो वह आप तक पहुँच ही जाएगी। इसलिए परेशान न हों।

अपने जीवन का कंट्रोल अपने हाथों में लीजिए और हर रोज ध्यान रखिए कि आपके समय को बर्बाद करने वाले इन दोनों खतरों- गलत लोगों और टेक्नोलॉजी से आप सोच-समझकर ही मिलेंगे।

10. उत्साहित रहिए - आखिर में सबसे जरूरी बात। अपने समय का सही तरह से उपयोग करने, अपने सभी कामों को टाइम पर निपटाने और अपने सपनों को पूरा करने के लिए बहुत जरूरी है कि आप उत्साहित रहें। जब आप पूरे मन से सकारात्मक विचारों के साथ जिएँगे तभी आप सफल हो पाएँगे।

जब आप अपने प्रोजेक्ट पर बहुत मेहनत कर रहे थे तब आप अपना सारा समय और एनर्जी उसी पर लगाते थे। आपका काम बहुत बढ़िया चल रहा था और आप हर छोटी-बड़ी बात का ध्यान रख रहे थे कि कहीं कोई गलती न हो। तभी आपके किसी साथी ने आपसे कुछ नेगेटिव बात बोली और आपको जताया कि यह प्रोजेक्ट फेल हो जाएगा। उसकी बातों से आप परेशान हो गए और आपका संतुलन बिगड़ गया। आप दिनभर उसकी बातों को याद करके दुखी होते रहे और आपने ऐसा करते हुए बहुत सारा समय बर्बाद कर दिया।

उसकी नेगेटिव बात का सामना एक करारा जवाब देकर या उसकी बात को सिरे से खारिज करके करने के बजाय आप खुद पर ही संदेह करने लगे और हतोत्साहित हो गए।

पॉजिटिव रहने के लिए बहुत जरूरी है कि आप अपनी और दूसरों की आशंकाओं से दूर रहें। आपको हर आशंका को एक चुनौती की तरह लेना होगा और पूरे उत्साह के साथ मेहनत करते रहना होगा। यदि आप इस बात पर ध्यान नहीं देंगे तो आप कई घंटे, दिन और हफ्ते यूँ ही गँवा देंगे।

0 समय की बर्बादी से बचने के कुछ नियम

1.रात को सोने जाने से पहले अगले दिन के काम के शेड्यूल की तैयारी कर लें।

2. अपनी अलार्म क्लॉक या फोन को पूरी आवाज पर अपने बेड से दूर रखें ताकि सुबह आप उसको बंद करने के लिए समय पर उठ सकें।

3. जब आप सुबह काम पर जाएँ तो रास्ते में समय का सदुपयोग अपने काम के क्षेत्र के विशेषज्ञों के ऑडियो लेक्चर सुनने में करें। ऐसा करने से आपके दिन की शुरुआत अच्छी होगी और आप दिनभर उत्साहित और फोकस्ड महसूस करेंगे।

4. अपने ऑफिस में मीटिंग कम-से-कम रखने की कोशिश करें। ज्यादातर जानकारियाँ ई-मेल के द्वारा दी जा सकती हैं।

5. शाम को काम से लौटते समय, रास्ते के समय का उपयोग सोशल मीडिया पर रहने या संगीत सुनने में करें। इससे आपकी थकान काफी कम हो जाएगी।

6. जब आपको ऑफिस में मीटिंग आयोजित करनी ही पड़े तो केवल उन्हीं लोगों को बुलाएँ जिनकी जरूरत है, सभी को नहीं। उस दिन की मीटिंग के फोकस के हिसाब से सही लोगों को बुलाएँ और बाकी लोगों को मीटिंग के विवरण (मिनट्स) ई-मेल पर भेज दें।

7. अपने फोन की सेटिंग इस तरह से करें कि गैरजरूरी चीजें, जैसे कि व्हाट्सएप और फेसबुक के नोटिफिकेशन आपके काम में दखल न दें।

8. अपने पर्सनल ई-मेल अकाउंट को चेक करने के लिए दिनभर में एक या दो बार का समय निर्धारित कर लें।

9. अपने रोज के कामों को ऑटोमेटिक करने की कोशिश करें।

10. अपने सबसे जरूरी कामों के लिए अपने दिन में ऐसा समय ब्लॉक करके रखें जब आप घंटों तक वही काम बिना परेशानी और दखलअंदाजी के कर सकें।

11. केवल जरूरी बातों पर ही ध्यान दें, कम महत्व के कामों को निपटाने के लिए किसी और को जिम्मेदारी सौंप दें।

12. गैरजरूरी और बेकार के कामों को टालते रहें, धीरे-धीरे आप देखेंगे कि ये काम आपके दिन से गायब ही हो गए।

13. नेगेटिव लोगों से बचें।

14. हमेशा अपना ध्यान अपनी मंजिल पर रखें।

15. पॉजिटिव और फोकस्ड रहें।

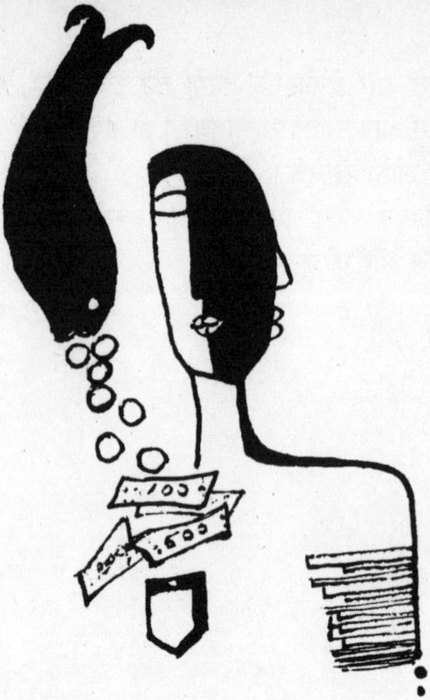

आपका पैसा

मुझे ये मत बताइए कि आपकी प्राथमिकताएँ क्या हैं, मुझे ये दिखाइए कि आप अपना पैसा कहाँ खर्च करते हैं। मैं आपको बताऊँगा कि वे (आपकी प्राथमिकताएँ) क्या हैं।

– जेम्स डब्ल्यू फ्रिक

पैसा एक बहुत ही संवेदनशील चीज है, हमारे समाज के लिए और शायद सारी दुनिया के लिए ही। ये केवल इंसानों के लिए ही नहीं बल्कि समाज और देश के लिए भी बहुत जरूरी मुद्दा है। ऐसा इसलिए है, क्योंकि

पैसा दुनिया में लोगों को हमारा स्टेटस बताता है।

असल में पैसा होने का मतलब है- आजादी। आजादी जो भी चाहे करने की, जहाँ चाहे जाने की और जैसे चाहे अपना समय बिताने की। पैसा होने से आप अपने दिनभर के कामों में से उन्हीं कामों को करने का फैसला कर सकते हैं, जो आपको पसंद हैं और बाकी सारे काम किसी और को सौंप सकते हैं। पैसा हो तो आप दूसरों की मदद कर सकते हैं। पैसा होने से हमें एक सिक्योरिटी की फीलिंग होती है। ये सिक्योरिटी फिजिकल, इमोशनल और कई अन्य तरीकों की हो सकती है। इसके होने से काफी सारी समस्याएँ सुलझ जाती हैं और कई दरवाजे हमारे लिए आसानी से खुल जाते हैं। इसलिए हर कोई चाहता है कि उसके पास बहुत सारा पैसा हो। जब से यह संसार है तब से सभी इंसान और परिवार, चाहे वो अमीर हों या गरीब, पैसे के लिए लड़ते आए हैं।

हर मध्यमवर्गीय परिवार के बच्चे ने तो पैसे की कमी का दर्द सहा ही होता है। उसे वो कई सारी चीजें नहीं मिलतीं जिनके लिए उसका दिल ललचाता रहता है और अमीर घरों के बच्चे उन्हीं चीजों को बड़ी आसानी से लेते रहते हैं।

पैसा हमारे सपने पूरे करने के लिए एक जरूरी सामग्री है पर हमें यह कोई नहीं सिखाता कि इसको कैसे सँभालना है। छोटी-सी उम्र से हमें भाषा, मैथ्स, फिजिक्स, कैमिस्ट्री, हिस्ट्री और भूगोल पढ़ाए गए हैं। हमें पूरी जिंदगी में यह सिखाया जाता है कि अच्छा कैसे पढ़ना है, मेहनत कैसे करनी है और बहुत सारा पैसा कैसे कमाना है। हमारा सारा फोकस इसी बात पर रहता है कि हम कैसे और ज्यादा कार्यकुशल बनें, ताकि हम और ज्यादा पैसा कमा पाएँ। और हमने इसमें बहुत तरक्की भी की है। जितना पैसा आज लोग कमा और खर्च कर रहे हैं, उसके हिसाब से तो हमारी लाइफ बहुत ही अच्छी और सुकूनभरी होनी चाहिए थी। पर क्या ऐसा है?

कमाना; फिर उस कमाई को खर्च करने के लिए मॉल्स में जाना, शॉपिंग करना, खरीदने के लिए सामान खोजना, क्योंकि पैसा है तो उसका दिखावा करने का स्ट्रेस लेना और ऐसा न कर पाने पर भी स्ट्रेस लेना हमारी

जनरेशन का मुख्य काम हो गया है।

इस तरह आज के समय में पैसा हमारे स्ट्रेस का सबसे बड़ा कारण है और इससे पहले हमारा इतना बुरा हाल कभी नहीं हुआ। यह तथ्य सभी के लिए सच है। चाहे वह इंसान किसी भी धर्म, जाति, स्थान, उम्र, क्लास, स्टेटस का हो। लोगों की कमाई कई गुना बढ़ गई है लेकिन फिर भी व्यक्ति और देश इतने ज्यादा कर्ज में डूबे हुए हैं, जितने पहले कभी नहीं रहे। यदि आप अपने आस-पास देखें तो ज्यादातर क्राइम पैसे के लिए ही किए जाते हैं।

पैसे को कमाने के तरीके, उसको बचाने के तरीके, उसको इन्वेस्ट करने के तरीके और उसे खर्च करने के तरीके, सभी के बारे में हमारी जानकारी कई गुना बढ़ चुकी है। ये सारी जानकारियाँ हमें बस बटन के एक क्लिक पर उपलब्ध हैं। पर इसका मतलब यह नहीं कि हम इन चीजों को ठीक से मैनेज कर पा रहे हैं। इसका मतलब है कि कहीं तो कुछ गलत हो रहा है। मैंने इस सवाल का जवाब ढूँढ़ने की कोशिश की।

एक बड़ी अजीब-सी चीज जो मैंने महसूस की वह यह है कि लोग पैसे के बारे में खुलकर बात नहीं करते। यदि आप उनसे पूछें, तो वो आपको कोई भी बात पूरी तरह खुलकर साफ-साफ नहीं बताएँगे। वो कितना कमाते हैं, कितना खर्च करते हैं और कहाँ इन्वेस्ट करते हैं, इन सभी सवालों के जवाब गोल-मोल करके दिए जाते हैं। ज्यादातर जवाब कुछ यूँ होते हैं-

मैं बस बहुत अमीर बनना चाहता हूँ।
पैसा ही सबकुछ नहीं होता।
पैसे से हम सबकुछ नहीं खरीद सकते।
जब मैं बहुत अमीर बन जाऊँगा तब मैं बहुत खुश रहूँगा।
पैसा ही हर बुराई की जड़ है।
मेरे लिए पैसा ही सबकुछ है।
पैसा तो कभी पूरा ही नहीं पड़ता।
मुझे पैसे की ज्यादा फिक्र नहीं।
मैं ठीक-ठाक कमा लेता हूँ।
ये सब और भी बहुत कुछ...

कुछ लोग खुलकर बोलते हैं कि वो पैसे से बहुत प्यार करते हैं और कुछ लोग कहते हैं कि पैसा बहुत बुरी चीज है। हर कोई पैसे के बारे में कुछ-न-कुछ बोलता है, चाहे उसे पैसे की समझ हो या न हो। चाहे आप इससे प्यार करें या नफरत, मुख्य बात यह है कि पैसा हमारी लाइफलाइन है।

ऐसा इसलिए नहीं है, क्योंकि अमीर होना अच्छा होता है (ये तो अच्छा होता ही होगा) पर इसलिए, क्योंकि पैसा होने से हम अपनी लाइफ को ठीक से जी पाते हैं। ऐसा इसलिए नहीं कि बहुत सारा पैसा इकट्ठा करना अच्छी बात है पर इसलिए कि पैसा हमारी जिंदगी की जरूरत है। दुनिया में ऐसा कोई काम नहीं जो आप पैसे के बिना कर पाएँ। चाहे वह आपकी रोजमर्रा की जरूरत हो, पढ़ाई हो, आराम की चीजें, मनोरंजन की चीजें, स्वास्थ्य सेवा हो, समाजसेवा हो या चाहे कुछ और- हर चीज के लिए पैसा चाहिए होता है। अगर आप इस बात पर बहस करते हैं और इसे नहीं मानते तो आप खुद को बेवकूफ बना रहे हैं, क्योंकि आप सच्चाई का सामना नहीं करना चाहते।

पैसे के बारे में लोगों की सोच काफी अलग-अलग होती है। कई लोगों का मानना है कि पैसा ही शक्ति है जबकि कुछ लोग मानते हैं कि यह केवल अपने काम करने के लिए जरूरी है। कुछ लोगों के लिए पैसे का मतलब एक आराम की जिंदगी है और कुछ लोगों के लिए दूसरों के काम आने का जरिया। चाहे आप पैसे के बारे में कुछ भी सोचते हों, ये तो आपको मानना ही पड़ेगा कि आपको पैसे की जरूरत अपनी आखिरी साँस तक पड़ेगी, बल्कि उसके बाद भी। तो चाहे आप उसे इकट्ठा करें, खर्च करें, मजे के लिए उड़ाएँ या केवल अपनी जरूरतें पूरी करने के लिए उपयोग में लाएँ, आपको उसका एक सिंपल-सा रूल तो समझना ही होगा-

'कमाई ज्यादा होनी चाहिए और खर्च कम।'

आपको पैसा कमाना है, अपनी इनकम को समय के साथ बढ़ाना है और उसका कुछ हिस्सा अपने भविष्य के लिए बचाना है। सिंपल।

आप सभी ने कभी-न-कभी पढ़ा या सुना होगा कि केंद्रीय वित्त मंत्री

देश का बजट बनाकर यही करने की कोशिश करते हैं। कंपनियाँ भी अपने खर्चे घटाकर और कमाई बढ़ाकर यही करती हैं। जब इतने बड़े-बड़े लोग जिनके पास इतना ज्यादा पैसा है, ठीक से काम करने के लिए और बेहतर बनने के लिए इस रूल का पालन करते हैं, तो एक इंसान जिसकी कमाई बहुत ही सीमित है इस रूल से मुक्त कैसे हो सकता है?

चाहे आप कितना भी कमाते हों, वह कभी भी पूरा नहीं पड़ेगा- अगर आप उसे समझदारी से खर्च नहीं करते। हर महीने आप जो कुछ भी कमाते हैं अगर आप उसे खर्च कर देते हैं तो आप अपने भविष्य के लिए इससे बुरी चीज कर ही नहीं सकते। अगर आपको इतनी सिंपल-सी बात समझ नहीं आती तो आप सारी जिंदगी पैसे की परेशानियों से जूझते रहेंगे।

चाहे आप जितना भी कमाते हों, जरूरी बात यह है कि उसमें से कितना अपने लिए बचाकर रखते हैं। अमीर तो कोई भी बन सकता है पर अमीर बने रहना मुश्किल काम है। इसलिए बहुत कम लोग ही ऐसा कर पाते हैं। अब हमारे सामने यह सवाल आता है कि ऐसा क्यों होता है? लोग इतनी सिंपल-सी बात समझ क्यों नहीं पाते? वे अपना पैसा समझदारी से खर्च क्यों नहीं कर पाते?

0 हमारी मानसिक स्थिति

पैसे को लेकर हम जो ऐसा बचकाना व्यवहार करते हैं उसका कारण यह है कि हम अब भी उस पाँच साल के बच्चे की तरह सोच रहे हैं जो एक रुपए का सिक्का मिलते ही टॉफी लेने के लिए दौड़ पड़ता था।

याद है, जब आप छोटे थे और कोई आपको एक रुपए का सिक्का देता था तो आप क्या करते थे? आप दौड़कर जाते थे और एक टॉफी या लॉलीपॉप खरीदते थे। वो मीठी और मजेदार चीज उस समय आपके लिए दुनिया की सबसे प्यारी चीज होती थी, जो आप उस पैसे से अपने लिए खरीद सकते थे। इस खुशी को टालने का विचार ही आपको दुखी कर देता था।

सच्चाई यह है कि आप अब भी उस छोटे-से बच्चे की तरह सोच रहे हैं। जब भी आपके हाथ में या बैंक अकाउंट में पैसे आते हैं या आने वाले

होते हैं तो मानसिक रूप से आपकी लार टपकने लगती है और आप सोचने लग जाते हैं कि उस पैसे से अपने लिए और अपनों के लिए क्या-क्या खरीदेंगे। ऐसा इसलिए है, क्योंकि पैसा बचाने में कोई आनंद नहीं आता है, वो बहुत ही बोरिंग काम है पर पैसा खर्च करना सोचने में ही मजेदार लगता है और आप इसी मजे को लेने के लिए दौड़ पड़ते हैं। यह व्यवहार बिल्कुल उस छोटे बच्चे की तरह ही है जो खुशी-खुशी अपनी टॉफी के लिए दौड़ पड़ता था।

आपको यह समझना ही पड़ेगा कि अब आप बच्चे नहीं रहे और आपकी जरूरतें केवल कुछ मजे की चीजें ही नहीं हैं। आपने इस पैसे को कमाने के लिए बहुत मेहनत की है। आज आप जो भी सैलरी पाते हैं, वो बचपन से लेकर आज तक आपकी और आपके माता-पिता की मेहनत और त्याग का नतीजा है। आपको यह सोचना चाहिए कि आप इस पैसे का समझदारी से कैसे उपयोग करें ताकि पैसा आपके लिए काम करे, न कि आप उसके लिए।

केवल अपने इस बचपने को समझना या नियंत्रित करना ही काफी नहीं है, आपको कुछ आसान-से रूल भी समझने पड़ेंगे और तभी आप पैसे को हैंडल करना सीख पाएँगे। आपको पैसे को सँभालने के लिए तुक्का मारने वाले अपने व्यवहार को भी भूलना होगा।

1. पैसा केवल एक साधन है

रुपए-पैसे की कीमत इसलिए है, क्योंकि यह आपकी जरूरतों को पूरा करता है, आपके लिए आराम की चीजें खरीदता है और आपको तथा आपके करीबी लोगों को खुशी देता है। ऐसा इसलिए हो पाता है, क्योंकि पैसे का उपयोग करके ही आप सामान और सेवाएँ खरीद सकते हैं। आप इस बात से सुरक्षित महसूस करते हैं कि पैसा होने पर आप सामान और दूसरे लोगों का समय अपनी जरूरत के अनुसार खरीद सकते हैं। आपके जीवन में पैसे का महत्व केवल इतना ही है। अगर हम पैसे से उसकी ये शक्ति ले लें तो वह केवल एक कागज का टुकड़ा रह जाएगा। इसका ताजा

उदाहरण अभी आपने नोटबंदी के दौरान देखा।

आपको यह बात ढंग से समझनी होगी, क्योंकि अकसर हम इस कड़वे सच को नजरअंदाज कर देते हैं। अगर पैसा आपको और आपके अपनों को खुशी नहीं दे सकता तो वह किसी काम का नहीं। इसलिए पैसा केवल हमारे कामों को पूरा करने का साधन है, न कि हमारी खुशी। जब भी आप पैसा कमाने निकलते हैं तो यह बात आपके दिमाग में बिल्कुल साफ होनी चाहिए। पर दिक्कत यह है कि हम पैसा कमाने में इतने बिजी हो जाते हैं कि खुश रहना और अपने आस-पास के लोगों को खुश रखना हमारे दिमाग से निकल ही जाता है। हमें ऐसा लगने लगता है जैसे कि हमारी सारी खुशियाँ पैसे से ही हैं। परंतु यह बिल्कुल भी सच नहीं है। ज्यादा पैसा कमाना ज्यादा खुश होने की गारंटी बिल्कुल भी नहीं है।

इस बात को चेक करना कुछ मुश्किल काम नहीं है। आप अपने आस-पास के लोगों और खुद को ध्यान से देखिए। देखिए कि क्या ये लोग सच में खुश हैं ? जैसे ही आपको यह एहसास हो कि पैसा कमाने के चक्कर में आप अपनी या अपने करीबी लोगों की खुशियों की बलि चढ़ा रहे हैं, तो ठहर जाइए और चीजों को सँभालने की कोशिश कीजिए।

2. पैसा कमाना आपका लक्ष्य नहीं होना चाहिए

पैसा कमाना कभी भी आपके जीवन का लक्ष्य नहीं होना चाहिए, क्योंकि यह लक्ष्य ही गलत है। आपने आमतौर पर लोगों को कहते सुना होगा कि अमीर बनना और बहुत सारा पैसा कमाना उनकी जिंदगी का सपना है, पर यदि आप ध्यान से सोचें तो यह लक्ष्य बहुत ही धुँधला है।

अगर पैसा कमाना आपका लक्ष्य बन जाएगा तो आप किसी भी कीमत पर पैसा कमाने की कोशिश करेंगे। यह सरासर गलत होगा और आपके लालच का कभी कोई अंत भी नहीं होगा। अगर आपको जीवन में सफल बनना है तो अपना लक्ष्य किसी काम को बनाना होगा। जैसे कि लोगों की किसी परेशानी को दूर करना, समाज में किसी बदलाव को लाना या किसी काम में महारत हासिल करना- और ऐसा करते हुए आप पैसा भी कमा ही

लेंगे। पैसा केवल आपके जीवन के लक्ष्य का प्रतिफल हो सकता है।

3. पैसे के मामले आपको डराएँ न

आपने बचपन से वही किया है जो आपके माता-पिता और शिक्षकों ने आपको करने को कहा। आपने बहुत मन लगाकर पढ़ाई की, डिग्री ली, नौकरी ढूँढ़ी और फिर आप काम करने लगे। काम करते-करते जैसे-जैसे आपकी कमाई बढ़ी, आपका जीवनस्तर भी अच्छा होने लगा। धीरे-धीरे आपकी इच्छाएँ पूरी होती गईं और फिर आप खुशी-खुशी रहने लगे। काश, चीजें इतनी ही आसान होतीं! पर ऐसा होता नहीं।

जब आप सफलता की दौड़ में लगे हुए थे तब आपको यह नहीं पता था कि हर महीने के आखिर में एक हाथ में आपकी सैलरी होगी और दूसरे हाथ में सारे खर्चों के बिल। अब ये एक कभी न खत्म होने वाला सिलसिला बन चुका है। आप ऐसा महसूस करने लग गए हैं कि चाहे आप जितना भी कमा लें, वह कम ही पड़ता है। आपको डर लगने लगा है कि शायद यह पैसा आपके लिए कभी पूरा ही नहीं पड़ेगा।

इसलिए जब भी आप पैसे के बारे में सोचते हैं, आप डर जाते हैं, आपको पसीना आने लगता है और आप अपने फैसले दिमाग से नहीं दिल से लेने लगते हैं। ऐसा आपके साथ इसलिए होता है, क्योंकि आपको किसी ने यह नहीं सिखाया कि अपनी कमाई को मैनेज कैसे करना है। आपने स्कूल या कॉलेज में कभी ऐसा कोई कोर्स नहीं किया। आप जो भी थोड़ा-बहुत पैसे, बचत, खर्च और निवेश के बारे में जानते हैं वह अमूमन अपने माता-पिता से ही सीखा है।

इस सारी कहानी में दुख की बात यह है कि आपके माता-पिता ने भी पैसे को सँभालने की कभी कोई ट्रेनिंग नहीं ली। वे जो कुछ भी जानते हैं वह उन्होंने अपने सालों के अनुभव से सीखा है। अगर यह आपके परिवार के बारे में सही है तो आप उनसे यह उम्मीद नहीं लगा सकते कि वे आपको पैसा कमाने, बचत व निवेश करने और अपने पैसे को बढ़ाने के बारे में मूल बातें समझा पाएँगे। यही कारण है कि अमीर लोग, जो कि इन सारी

बातों को कई पीढ़ियों से समझते हैं, और अधिक अमीर होते जा रहे हैं। जबकि बाकी लोग बहुत मेहनत कर रहे हैं और काफी पैसा कमाने के बाद भी अरबपति नहीं बन पा रहे।

इसमें एक पॉजिटिव बात यह है कि यदि आप थोड़ा-सा समय लगाकर, थोड़ी-सी मेहनत करके पैसे के मूल सिद्धांतों को समझने की कोशिश करेंगे, तो आप खुद को इस परेशानी से निकाल पाएँगे और अपनी अगली पीढ़ी को भी यह सारा ज्ञान विरासत में दे पाएँगे।

4. पैसा कभी भी काफी नहीं होगा

चाहे आप जितना भी पैसा कमा लें, वह कभी भी काफी नहीं होता। यह बात एक साधारण इंसान के लिए भी उतनी ही सच है, जितनी कि किसी बिजनेसमैन या किसी कंपनी अथवा किसी देश के लिए। हम अक्सर यह बहाना बनाते हैं कि जब पैसे ही कम हैं तो बचाएँ कहाँ से और निवेश कैसे करें! जब भी आप किसी से निवेश के बारे में पूछेंगे तो उसका एक टका-सा जवाब मिलेगा कि महीने के आखिर में मेरे अकाउंट में पैसे ही नहीं बचते तो मैं निवेश के बारे में कैसे सोच सकता हूँ!

असल में, यही कारण है कि आपको पैसा बचाना और उसे निवेश करना सीखना चाहिए।, क्योंकि अगर अभी जबकि आप स्वस्थ हैं और कमा रहे हैं, आप पैसा नहीं बचा पा रहे हैं तो फिर कोई मुसीबत आने पर या अस्वस्थ होने पर आप पैसा कैसे बचा पाएँगे? आप रिटायर होने पर क्या करेंगे?

असल में, हम लोगों के अंदर अपनी कमाई के हिसाब से खर्च करने की अजीब-सी इच्छा होती है। जैसे ही हमारी कमाई बढ़ती है तुरंत हम अपने खर्च भी बढ़ा लेते हैं। अगर आप सोचें तो जो काम आप सच में करना चाहते हैं उनके लिए आप पैसे का इंतजाम किसी भी तरह कर ही लेते हैं, जैसे कि घूमने जाना, शॉपिंग करना, मूवी देखना, बाहर खाना खाना। पर आपके जीवन की जरूरी चीजें अधूरी ही रह जाती हैं, क्योंकि आपके पास पैसा नहीं होता। पर असल में आपके लिए वो चीजें जरूरी ही नहीं होतीं।

यह बिल्कुल उसी तरह है जैसे हम अपनी पसंद के काम के लिए किसी भी तरह से समय निकाल ही लेते हैं। जीवन में आपकी सफलता इसी बात से निर्धारित होती है कि आप अपना समय और पैसा कहाँ खर्च कर रहे हैं।

5. पैसे के फैसले ध्यान से लें

जीवन में कमिटमेंट करना बहुत मुश्किल होता है- चाहे वह किसी रिश्ते में हो, चाहे अपने करियर में या अपने पैसे से संबंधित हो। जब आप कोई कमिटमेंट करते हैं तो उसके सही निकलने के 50 प्रतिशत चांस होते हैं और गलत होने के भी 50 प्रतिशत चांस होते हैं। तो हमारे हर फैसले में एक खतरा जुड़ा हुआ होता है। हमारे काम और जीवन में ज्यादातर फैसले सही ही निकलते हैं लेकिन कुछ गलत फैसले सारी परेशानियों की जड़ बन जाते हैं।

हम दिनभर में कई फैसले लेते हैं जो पैसे से संबंधित होते हैं, जैसेकि-

परिवार या दोस्तों के साथ बाहर खाने जाना।

किसी महँगे कैफे में कॉफी पीना।

कोई ड्रेस या जूते खरीदना।

कार खरीदना।

किसी कॉलेज या यूनिवर्सिटी कोर्स में दाखिला लेना।

किसी कंपनी में निवेश करना।

मूवी देखने जाना।

डॉक्टर के पास जाना।

किसी प्रोग्राम के लिए टिकट लेना आदि।

आपके सामने बहुत सारे विकल्प होंगे और आप उनमें से किसी एक को चुनेंगे। आप उस विकल्प को चुनते हैं जो आपको उस समय सही लगता है। जब आप किसी एक विकल्प को चुनते हैं तो आप उसके साथ अपना पैसा और अपना समय देते हैं और बदले में आप संतुष्ट होना चाहते हैं।

यहाँ पर जरूरी बात यह है कि आपको याद रखना होगा कि आप इन

विकल्पों को लेकर भावुक न हो जाएँ। यदि आपको बाद में ऐसा लगता है कि आपने गलत फैसला ले लिया था तो आप अपनी गलती को स्वीकार करें और अपना फैसला बदल लें। यह कहना तो बहुत आसान है लेकिन करना बहुत ही मुश्किल। ऐसा इसलिए है, क्योंकि हम लोग अपनी गलतियाँ नहीं मानते। हम लोग गलत परिस्थितियों और गलत लोगों के साथ अपनी पूरी जिंदगी केवल इसलिए जुड़े रहते हैं, क्योंकि हमने उनमें अपना समय और पैसा लगाया है। यह एक बोरिंग मूवी हो सकती है, एक गलत डिग्री, काटने वाले जूते, बार-बार खराब होने वाली मशीन या कोई गलत निवेश। हम लोग सारी परेशानियाँ झेलने को तैयार होते हैं, केवल यह दिखाने के लिए कि हमने जो फैसला लिया था, वह सही था। यह बिल्कुल वैसा ही है जैसे सरकार अपने बीमारू प्रोजेक्ट्स में हर साल पैसे डालती रहती है और उम्मीद करती है कि वे किसी-न-किसी दिन मुनाफा कमाने लगेंगे।

हमारे पास हमेशा किसी भी काम को करने या न करने का विकल्प होता है। लेकिन यदि आप वही काम करते जा रहे हैं जो आपको पसंद नहीं तो आप केवल अपने पिछले गलत फैसलों को सही साबित करने में लगे हैं। आप दूसरों की नजरों में खुद को सही साबित करना चाहते हैं पर ऐसा करते हुए आप उस गलत फैसले में और भी समय और पैसा लगाते जा रहे हैं जो कि शुरू से ही गलत था। ये क्या बेवकूफी है!

हमारे जीवन का मकसद अपनी खुशियाँ, स्वास्थ्य, दौलत और समय, सबकुछ बेहतर करना होना चाहिए। लेकिन इसके बजाय आप अपनी पूरी जिंदगी अपने गलत फैसले और गलत खर्च को अपनी और दूसरों की नजरों में सही साबित करने में लगे रहेंगे। खुद को सही साबित करना आपके अभिमान (ईगो) के लिए बहुत जरूरी है। इसलिए आप अपनी गलती मानने के बजाय अपने गलत फैसलों को जिंदगीभर झेलते रहेंगे।

आपको खुद से एक आसान-सा सवाल करना है-

यदि आपको पता होता कि आपके फैसले का यह फल मिलेगा तो क्या आप दुबारा यह फैसला करते?

अगर आपका जवाब है- नहीं, तो आपको अपना फैसला तुरंत बदल लेना चाहिए।

अगर आपका जवाब है- हाँ, तो इसका मतलब है कि आप इस फैसले को सही समझते हैं और आगे भी इससे जुड़े रहना चाहते हैं।

अगर आपने यह मान लिया है कि आपका फैसला सही है तो फिर अपने फैसले पर पूरा विश्वास रखिए। चाहे आपका फैसला कुछ भी हो, दिनभर उसकी चिंता करने का कोई फायदा नहीं, क्योंकि आपके मन की शांति आपके पैसे से कहीं ज्यादा जरूरी है।

6. दूसरों की स्वीकृति जरूरी नहीं

हमारी एक बुरी आदत है कि हम अपने हर फैसले की स्वीकृति के लिए दूसरों की तरफ देखते हैं, चाहे ये फैसले हमारे दिल के हों, दिमाग के या पैसे के। बचपन से हमने जो कुछ भी सीखा, समझा और देखा है, हमारे सारे फैसले उन्हीं चीजों पर आधारित होते हैं। जब भी हम कोई फैसला लेते हैं, तो हम ऐसी बातों और लोगों को सुनना पसंद करते हैं जिनसे हमारा फैसला सही साबित हो रहा हो और ऐसी बातों और लोगों को नजरअंदाज करते हैं जो हमारे फैसले में गलतियाँ दिखाएँ। इसलिए कोई भी फैसला लेने पर हम उन्हीं लोगों से राय लेते हैं जो हमारे ही जैसे विचार रखते हों। हम उन्हीं चीजों को देखते हैं जो हम देखना चाहते हैं। आमतौर पर कहा जाता है 'हम आँखों से देखने पर ही विश्वास करते हैं' पर सच्चाई यह है कि 'हम आँखों से उसे ही देखते हैं जिस पर हम विश्वास करते हैं'- ऐसा प्रसिद्ध साइकोलॉजिस्ट थेन पिगमैन ने अपनी किताब 'स्लिप ऑफ द टंग' में कहा है।

अपने ही जैसे विचार रखने वाले दोस्तों और हमारे खर्चों को सही मानने वाले लोगों से बात करके हम असल में खुद को ही बेवकूफ बना रहे होते हैं। आप इतने समझदार हैं कि यह अच्छी तरह समझते हैं कि आपने फिजूलखर्च कर दिया है। अपनी गलती को मानिए और खुद से वादा कीजिए कि आप इसे भविष्य में नहीं दोहराएँगे और आगे बढ़ जाइए। अगर

इसमें आपको किसी की मदद चाहिए तो किसी ऐसे इंसान से बात कीजिए जिसका नजरिया संतुलित हो और जो आपको सही सलाह दे सके।

7. खोई हुई कीमत का ध्यान रखें

जब भी हम कोई फैसला करते हैं तो हम अपना मेहनत से कमाया हुआ पैसा उसमें लगाते हैं। ऐसा करने से पहले हमें उस परिस्थिति के लाभ और हानि को ठीक से परखना चाहिए। ध्यान से सोचिए कि यह फैसला लेने पर आपको क्या फायदे होंगे और कौन-से मौके छूट जाएँगे। यह जानना इसलिए जरूरी है, क्योंकि आपका पैसा सीमित है और आपको उसे सही ढंग से उपयोग में लाना है। जब आप अपने पैसे को एक जगह खर्च करने का फैसला करते हैं तो साथ ही आप यह फैसला भी कर रहे होते हैं कि आप उसे बचाएँगे नहीं और न ही कहीं और इस्तेमाल कर पाएँगे। इन छूटे हुए मौकों के बारे में सोचने से आपको पता चलेगा कि आपका फैसला कितना सही है। यह आपको उस नए फैसले को अपनाने में भी मदद करेगा।

8. तुरंत मजे के चक्कर में न पड़ें

ज्यादातर खर्चे हम तुरंत मिलने वाले क्षणिक मजे के लिए ही करते हैं। जैसे ही आपने कुछ देखा जो आपको पसंद आया, आप उसे खरीदना चाहते हैं। आपका मन उसे हासिल करने के लिए ललचा जाता है और आप उसे लेने के लिए बिल्कुल भी इंतजार नहीं कर सकते। चाहे वह कोई ड्रेस हो या कोई गैजेट, नया फोन हो या नए जूते- वे आपका पीछा तब तक नहीं छोड़ते जब तक आप उन्हें खरीद न लें। आपके स्मार्टफोन में मौजूद शॉपिंग एप्स खरीद प्रक्रिया को आसान बनाकर आपकी इस मजे लेने की आदत को बहुत बढ़ा देते हैं।

इन परिस्थितियों में लॉजिक लगाना और किसी नियम को मानना बहुत ही मुश्किल हो जाता है। इस तरह तुरंत मजे लेना हमारे जीवन जीने का एक तरीका बन चुका है लेकिन हमारे पैसे से संबंधित स्ट्रेस का भी यही एक मुख्य कारण है। खर्च करने के बाद आपको एहसास होता है कि इसके बिना

भी काम चल जाता और आप इस पैसे को अपने किसी जरूरी काम के लिए बचा सकते थे पर तब तक बहुत देर हो चुकी होती है। फिर आप खुद से वादा करते हैं कि भविष्य में ध्यान रखेंगे लेकिन जब दुबारा कुछ भी खरीदने की तीव्र इच्छा जगती है तो आप खुद को रोक नहीं पाते हैं।

इस तुरंत मजे की आदत से निपटने का एक आसान तरीका है। एक नियम बना लें कि जब भी आपके मन में ऐसा खर्च करने की तीव्र इच्छा जगेगी तो आप उसे एक दिन के लिए टाल देंगे और यदि खर्च बड़ा है तो कुछ दिनों के लिए। बहुत संभावना है कि ऐसा करने पर आप वह खर्च करने का फैसला ही बदल लें, क्योंकि कुछ दिनों में आपका अपनी भावनाओं पर ज्यादा नियंत्रण होगा और आपका फैसला जल्दी में नहीं लिया गया होगा। तो खुद से वादा कीजिए कि आप अपने खर्चों को टालना सीखेंगे और किसी भी बड़े खर्च का फैसला जल्दबाजी में नहीं लेंगे।

9. दिमागी हिसाब-किताब की गलतियाँ

अमेरिकी अर्थशास्त्री रिचर्ड थेलर ने इस बारे में काफी रिसर्च की है। उनके अनुसार, एक समान पैसे को हम उसके कमाई के तरीके के अनुसार अलग-अलग मूल्य का मानते हैं। असल में, पैसा केवल पैसा है, चाहे वह किसी भी तरीके से कमाया गया हो। एक हजार रुपए का मूल्य बाजार में एक हजार ही रहेगा चाहे वह आपने अपनी मेहनत से कमाया हो या आपको किसी ने दिया हो। पर अनजाने में हम पैसे को दिमागी तौर पर अलग-अलग तरह का मान लेते हैं और इसका अलग-अलग मूल्य समझने लगते हैं। उदाहरण के लिए, आपकी सैलरी के एक हजार रुपए आपके लिए बहुत कीमती होते हैं, क्योंकि आपने उन्हें बड़ी मेहनत से कमाया है। आप इस पैसे को फिजूलखर्च करने से पहले एक बार सोचेंगे अवश्य। लेकिन यही एक हजार रुपए यदि आपको किसी ने उपहार में दिए हों तो आप बिना सोचे-समझे खर्च कर डालेंगे, क्योंकि आपने इसके लिए कोई मेहनत नहीं की है।

बिल्कुल इसी तरह हम अपने दिमाग में कैश और क्रेडिट कार्ड को

अलग-अलग मानते हैं। ये दोनों बिल्कुल एक जैसे हैं, क्योंकि आप दोनों को ही खर्च करने के लिए उपयोग में लाते हैं। लेकिन हम इन्हें उपयोग करते समय यह अंतर भूल जाते हैं। रिसर्च के अनुसार, क्रेडिट कार्ड से खरीदारी करने वाले लोग हमेशा ज्यादा खर्च कर जाते हैं। ऐसा इसलिए होता है, क्योंकि क्रेडिट कार्ड उपयोग करने पर आपको अपने हाथ से कैश जाता हुआ नहीं दिखता।

क्रेडिट कार्ड को प्रचलित करने के लिए इसी मानसिकता का उपयोग किया गया है। रिसर्च यह बताती है कि आप कैश से खरीदारी करने के बजाय क्रेडिट कार्ड का उपयोग करने पर ज्यादा खरीदारी करते हैं और फिर आप क्रेडिट कार्ड के इस खर्च पर ब्याज भी भरते हैं। यदि आप स्मार्ट हैं और अपने क्रेडिट कार्ड का बिल समय पर भर देते हैं ताकि आपको ब्याज न भरना पड़े, तो भी आप ज्यादा खर्च करेंगे ही। यही कारण है कि क्रेडिट कार्ड कंपनियाँ अमीर होती जा रही हैं और हमारा उधार बढ़ता जा रहा है।

एक और दिमागी गलती जो हम करते हैं, वह यह समझना है कि थोड़े-से पैसे किसी काम के नहीं जबकि बहुत सारे पैसे कीमती हैं। जब हम कोई बड़ी खरीदारी करते हैं तो हम सर्वे करके अपने विकल्प पता लगाते हैं लेकिन छोटी-मोटी खरीदारी के लिए हम बिल्कुल भी नहीं सोचते। बड़ी खरीदारी पर ध्यान देना जरूरी है, क्योंकि उसमें आपके बहुत सारे पैसे लग रहे हैं, तो इसलिए आप सर्वे करेंगे, मोल-भाव करेंगे और बहुत सोच-विचार कर उस सामान को खरीदेंगे, क्योंकि आप उसे आने वाले 10-15 साल के लिए खरीद रहे हैं। उदाहरण के लिए, एक कार, एक फ्रिज या ऐसी ही कोई मशीन। जो भी दुकानदार आपको 500-1000 रुपए की छूट देगा, आप तुरंत उससे यह सामान खरीदने को तैयार हो जाएँगे। छूट मिलना तो अच्छी बात है पर आपको इतना ध्यान उन छोटी-मोटी खरीदारियों पर भी देना चाहिए जो आप हर रोज करते हैं। अक्सर लोग इस बात पर ध्यान नहीं देते कि रोज की खरीदारी में 20 रुपए बचाने का मतलब है सालभर में 7300 रुपए बचाना।

इस तरह से हमारा सोचने का पुराना तरीका हमारी आर्थिक योजना

की ऐसी-तैसी कर देता है और हमें पता भी नहीं चलता। इसलिए ध्यान रखिए- पैसा एक आइडिया है- इसको आप अपनी आँखों के बजाय दिमाग से ज्यादा साफ देख पाते हैं।

10. उदार बनिए

उदारता हमको बचपन से सिखाई जाती है। ज्यादातर हम उदारता को केवल पैसे में ही तोलते हैं पर असल में उदारता कई तरह की हो सकती है। यह पैसे, सामान, समय, मदद, साथ, सुझाव, जान-पहचान या और भी किसी तरह की हो सकती है। हमें हमेशा दूसरों के प्रति उदार रहना चाहिए, चाहे हम उनके लिए पैसे न भी खर्च करें। ये अपने जीवन में पैसे, सफलता और पॉजिटिविटी को बनाए रखने का एकमात्र तरीका है। जितनी उदारता आप दूसरों तक पहुँचाएँगे, उतनी आपके पास लौटकर वापस आएगी, चाहे वह किसी भी दिशा से आए।

0 पैसे की कमी से कैसे उबरें?

किसी अच्छी बात का ज्ञान होना एक बात है और उस ज्ञान को अपने जीवन में हर रोज उतारना, अपनी आदतों को सुधारना और खुद को बेहतर बनाना बिल्कुल अलग बात। यह सब करने में बहुत हिम्मत और दृढ़ता चाहिए होती है। आपको ध्यान रखना पड़ता है कि आप बार-बार समय और परिस्थितियों के साथ न बह जाएँ और ये न भूल जाएँ कि आप क्या कर रहे हैं और क्यों। यदि आप इस ज्ञान को अपनी आदतों में शामिल कर लें तो आपको सारी जिंदगी पैसे से संबंधित परेशानियाँ कम आएँगी और आप अपनी आर्थिक आजादी की राह पर आगे बढ़ते जाएँगे।

1. आर्थिक लक्ष्य निर्धारित करें

इस बात का विश्वास करिए कि अमीर बनना कोई लक्ष्य नहीं, यह बात तो हम यूँ ही कह देते हैं। जब आप अपनी आर्थिक आजादी का सफर शुरू करेंगे तभी आपको पता होना चाहिए कि आपकी मंजिल क्या है। अगर आप

अपनी मंजिल पर समय पर पहुँचना चाहते हैं तो उसका सही ज्ञान होना बहुत जरूरी है। यह काम आपको खुद ही करना पड़ेगा, क्योंकि हर इंसान के लिए आर्थिक आजादी का मतलब अलग-अलग होता है। यह आपके व्यक्तित्व, आपकी परिस्थितियों और आपकी उम्मीदों के अनुसार होता है।

अब वह जमाना नहीं रहा जब एक घर, एक कार, कुछ एफडी, एक एलआईसी पॉलिसी और थोड़ा-सा रिटायरमेंट फंड एक इंसान की खुशी के लिए काफी था। रिटायरमेंट के बाद बच्चे ही माता-पिता की जरूरतों का ध्यान रखते थे, इसलिए मां-बाप को ज्यादा चिंता करने की जरूरत नहीं होती थी। पर आज की पीढ़ी के लिए इतना काफी नहीं है, बल्कि इन लोगों के लिए तो ये सारी चीजें ज्यादा मायने भी नहीं रखतीं।

अपनी जिंदगी से इस पीढ़ी के लोगों की अपेक्षाएँ कुछ और ही हैं। आपके शौक, मूल्यों और सोचने के तरीकों के अनुसार आप अलग-अलग चीजें चाहते हैं। आप अलग तरह की चीजों पर खर्च करते हैं, आपका रिटायरमेंट के बारे में सोचने का नजरिया भी अलग है और आप ऐसा तो बिल्कुल भी नहीं चाहेंगे कि आप बुढ़ापे में अपने बच्चों पर निर्भर रहें। और ये सब करने के लिए आपको बहुत सारा पैसा चाहिए।

अभी आप युवा, स्वस्थ और मेहनती हैं। आप काफी अच्छा कमा भी लेते हैं। यदि आप अभी भविष्य की योजना नहीं बनाएँगे और उसके लिए पैसे नहीं बचाएँगे तो आपको ऐसा क्यों लगता है कि आप रिटायरमेंट के बाद ये सब कर पाएँगे। तब तो आप काम भी नहीं कर रहे होंगे। और आज के समय में जब औसत आयु काफी बढ़ चुकी है, आपका सफर काफी लंबा होने वाला है। क्या आप इस सफर में गरीब और अकेले रहना चाहते हैं?

तो इसलिए यह बहुत जरूरी है कि आप अपने आर्थिक भविष्य की योजना बनाएँ। आपकी इस समय क्या उम्र है, आप कब रिटायर होना चाहते हैं, रिटायरमेंट से पहले और उसके बाद आप किस तरह की जिंदगी चाहते हैं- इन बातों के आधार पर आप ऐसी धनराशि जान सकते हैं जो कि आपको रिटायरमेंट के समय चाहिए होगी। आप अपने पूरे जीवन के लक्ष्यों को आर्थिक मील के पत्थरों की तरह बाँट सकते हैं और फिर उन

लक्ष्यों को प्राप्त करने के लिए बचत और निवेश कर सकते हैं। जब भी आपकी सैलरी बढ़ती है या आपको कोई बोनस मिलता है तो उसकी योजना आपको पहले से ही तैयार रखनी चाहिए। पहले से ही सोचकर रखें कि आप इस पैसे को किस तरह निवेश करेंगे। जो भी बढ़ोतरी आपको मिली है उसका कम-से-कम 50 प्रतिशत आपको समझदारी से निवेश करना चाहिए और बाकी का 50 प्रतिशत आपको कुछ जरूरी चीजों के लिए खर्च करना चाहिए। अगर आप इसकी योजना पहले से नहीं बनाएँगे तो पैसे मिलने पर आप उसको यूँ ही उड़ा देंगे।

ध्यान देने वाली बात यह है कि आपको यह सारी प्लानिंग कागज पर करनी होगी। अपने आर्थिक लक्ष्यों को आपको समय की डेडलाइन में बाँधना होगा। यदि आप ऐसा नहीं कर पाएँगे तो आपके लक्ष्य केवल आपकी इच्छा मात्र रह जाएँगे, और अंत में आपके हाथ खाली होंगे और फिर आप सोचेंगे कि गड़बड़ कहाँ हुई।

आपको लगातार खुद से ये प्रश्न करते रहने हैं -
आपके पास हर महीना कितना पैसा आ रहा है?
कितना पैसा आपके पास से जा रहा है?
अभी आपकी आर्थिक स्थिति कैसी है?
अपनी स्थिति को सुधारने के लिए आप क्या कर सकते हैं?

यदि इन सवालों के जवाब से आपको पता चलता है कि कुछ कमी है, तो आपको अपनी आर्थिक योजना में जरूरी बदलाव करने होंगे। ऐसा करने के लिए आपको अगला नियम समझना होगा।

2. खुद को शिक्षित करें

अब जबकि आप पैसे के महत्व को समझने लगे हैं, यह बहुत जरूरी है कि आप खुद को बचत और निवेश के बारे में शिक्षित भी करें। आप जिस तरह से पैसे को सँभालते हैं, वह आपके व्यक्तित्व को दर्शाता है। आप हमेशा जानकारी न होने का बहाना नहीं बना सकते। आर्थिक योजना बनाने

के लिए सभी तरह की सूचना आजकल बहुत आसानी से उपलब्ध है। आप पैसे और निवेश से संबंधित किताबें पढ़ सकते हैं, मैगजीन पढ़ सकते हैं, जरूरी वेबसाइट देख सकते हैं और इन सबकी मदद से मूल बातें समझ सकते हैं। यह जरूरी नहीं कि आप सारी टेक्निकल शब्दावली को समझें, क्योंकि उसमें तो आपकी मदद एक्सपर्ट भी कर देंगे पर इन सारी बातों के मूल सिद्धांत आपको पता होना बहुत जरूरी है।

आपने यह कहावत तो सुनी ही होगी कि एक रुपया बचाना, एक रुपया कमाने के बराबर होता है।

यह कहावत पुरानी है लेकिन आज भी लागू होती है और आगे भी होती रहेगी। यह बहुत जरूरी है कि आप इस साधारण-सी बात को समझें कि आप कमाने के लिए सारी मेहनत इसलिए नहीं कर रहे कि महीने के आखिर में इस सारे पैसों को खर्च कर सकें और फिर अगली सैलरी का इंतजार करते रहें। आपको थोड़ी मेहनत करनी होगी और अपने पैसों को बचाना और बढ़ाना सीखना होगा, चाहे आपको इसमें मजा आए या नहीं। शुरू में आपको मजा नहीं आएगा लेकिन धीरे-धीरे जब आप इन सारे सिद्धांतों को समझने लगेंगे तो आपका कॉन्फिडेंस बढ़ेगा और आपको मजा भी आने लगेगा। इन सारी जानकारियों को प्राप्त करने के बाद आप निवेश के अलग-अलग तरीकों में से अपनी पसंद के तरीके चुन सकते हैं। इस निवेश पर आप जो भी कमाएँगे वह आपकी मेहनत का फल होगा।

हमारे देश में स्कूल या कॉलेज में हमें अपने पैसे सँभालने के बारे में कुछ नहीं पढ़ाया जाता। ये ज़ानकारी प्राप्त करना आपका काम है। एक आदर्श जीवन वो होता है जो किसी जुनून के पीछे दौड़े न कि डर से भागे। और यह बात पैसे पर भी लागू होती है। आपको पैसे के पीछे पागल नहीं होना है पर पैसे के लिए एक स्वस्थ जुनून आप में जरूर होना चाहिए। आपको असफलता या नुकसान के डर से घबराना नहीं है। इन सारे अनुभवों से ही तो आप सीखेंगे और एक अच्छे निवेशक बनेंगे। बस आपको इस पर काम करते रहना है।

3. जल्दी शुरुआत करें

आर्थिक आजादी के अपने सफर को कम उम्र में ही शुरू कर दें। ऐसा न सोचें कि किसी खास उम्र में या किसी खास तरीके की नौकरी में जाने पर ही आप बचत करना शुरू करेंगे। जब भी आप खुद से कहते हैं कि पैसे बचाने और निवेश करने की क्या जल्दी है, अभी तो सारी उम्र पड़ी है, तो आप खुद को बेवकूफ बना रहे होते हैं। उदाहरण के लिए, दो दोस्तों राहुल और राज के निवेश व्यवहार को समझते हैं और देखते हैं कि जल्दी शुरुआत का इन दोनों पर क्या असर पड़ता है।

राहुल ने 25 साल की उम्र से हर साल 10,000 रुपए बचाए और उन्हें निवेश किया। राहुल ने अपनी बचत को हर महीने एसआईपी (सिस्टेमेटिक इन्वेस्टमेंट प्लान) में लगाया। यह काम उसने 35 साल की उम्र तक किया। इसके बाद शादी होने से उसके खर्चे बढ़ गए और वह निवेश आगे जारी न रख सका। लेकिन उसने निवेश को 65 साल की उम्र तक सुरक्षित रखा।

दूसरी तरफ, राज नौकरी लगते ही फिजूलखर्ची करने लगा और कुछ भी बचत व निवेश नहीं कर पाया। उसने 35 साल की उम्र से हर साल 10,000 रुपए बचाने शुरू किए और यह काम उसने 65 साल की उम्र तक किया।

आपको क्या लगता है कि 65 साल की उम्र में किसके पास ज्यादा पैसा होगा? सुनने में अजीब लगता है लेकिन राहुल के पास राज से 2.5 गुना ज्यादा पैसा होगा। राहुल के पास 1.28 करोड़ रुपए, जबकि राज के पास केवल 46.5 लाख रुपए होंगे। जबकि राज ने राहुल से 20 साल ज्यादा समय के लिए निवेश किया। ये सब कंपाउंडिंग के जादू से हुआ। राहुल ने केवल 10 साल तक निवेश किया, जबकि राज ने लगातार 30 साल तक निवेश किया, फिर भी राहुल के पास ज्यादा पैसे जमा हुए।

अगर आपको भी इस तरह से पैसा बढ़ाना है तो आपको पढ़ाई करते समय ही बचत और निवेश शुरू कर देना चाहिए। आपको जो भी पॉकेटमनी मिलती है या खर्च के लिए पैसा मिलता है, उसमें से थोड़ा-सा पैसा बचाकर आप यह काम शुरू कर सकते हैं। ये पैसा आपने खुद तो नहीं कमाया

लेकिन आप यह बात ध्यान में रखकर निवेश करें कि किसी और ने यह पैसा बहुत मेहनत से कमाया है।

अपने सारे पैसे को निवेश, खर्चे और लोन पेमेंट्स में बाँट दें। पैसा निवेश करने के लिए किसी शुभ दिन का इंतजार न करें। ऐसा कोई शुभ दिन कभी नहीं आता, आज से ही शुरुआत करें।

4. अपनी आय के साधन बढ़ाएँ

आपकी कोशिश होनी चाहिए कि आपकी आय के कम-से-कम तीन-चार साधन हों। आपको केवल अपनी सैलरी पर ही निर्भर नहीं होना चाहिए। नौकरी करने में कोई बुराई नहीं है लेकिन केवल नौकरी करना समझदारी की बात नहीं। आप घर पर ही एक छोटा-सा बिजनेस शुरू कर सकते हैं, आप इंटरनेट पर कोई बिजनेस खोल सकते हैं, आप किराये को कमाई का जरिया बना सकते हैं या आप अपनी पसंद की कोई डीलरशिप ले सकते हैं। ऐसा कोई भी काम जो आपको पसंद हो उसे आप अपने खाली समय में करके अपनी आय का जरिया बना सकते हैं। आपको कभी भी ऐसा सोचना या बोलना नहीं चाहिए कि ''मैं यह नहीं खरीद सकता''। उस सामान को खरीद सकने का कोई तरीका निकालिए। बैठकर शिकायतें करने या दुखी होने से बेहतर है कि आप कोई रास्ता ढूँढ़ें जिससे आप अपनी परेशानियों से बाहर निकल सकें। ऐसी सोच के साथ आप हमेशा उत्साहित महसूस करेंगे।

जब आप कोई बिजनेस शुरू करें तो उससे बँध न जाएँ। अपने बिजनेस को ऐसा बनाएँ कि आपको चौबीस घंटे उसकी निगरानी न करनी पड़े और वो आपके बिना भी काम करता रहे। केवल यही तरीका है जिससे आप अपनी आय के साधन बढ़ा सकते हैं।

5. कर्ज से मुक्त रहें

जब भी कोई युवा कमाने लगता है तो उसका जीवनस्तर बेहतर हो जाता है और धीरे-धीरे उस पर कर्ज का भार भी बढ़ने लगता है। शिक्षा,

बाइक, कार, घर और ऐसे ही दूसरे खर्चों के लिए तरह-तरह के लोन उसके जीवन का हिस्सा बन जाते हैं। हर दिन खर्चे बढ़ते जाते हैं और जितनी बढ़त कमाई में होती है, उसे बढ़ता हुआ कर्ज बराबर कर देता है। लोगों को एहसास भी नहीं होता कि कब वे खुद के बजाय बड़ी-बड़ी कंपनियों, रेस्तराँ, मॉल्स, ब्रांड, मल्टीप्लेक्स और बैंकों के लिए कमाने लग गए। हमेशा अमीर दिखना अच्छी आदत नहीं है। ज्यादातर युवा अमीर दिखने के लिए ही सारे खर्चे करते हैं।

ऐसी चीजें न खरीदें जिनको आप कैश में नहीं ले सकते। जहाँ तक हो सके डेबिट कार्ड का प्रयोग करें और क्रेडिट कार्ड का प्रयोग करने से बचें। अगर आपको क्रेडिट कार्ड का प्रयोग करना भी पड़ रहा है तो कोशिश करके कल्पना करें कि जब आप क्रेडिट स्लिप को साइन कर रहे हैं तो असल में आपके हाथों से नोट निकल रहे हैं। जब आप ऐसा सोचेंगे तो आपको बहुत अच्छा महसूस नहीं होगा और इस तरह ध्यान रखने पर आप कम खर्च करेंगे।

खर्च के लिए लोन न लें। अगर आपको लोन लेना ही पड़ रहा है तो वह किसी ऐसे काम के लिए होना चाहिए जो भविष्य में आपकी कमाई का जरिया बने या आपके किसी भविष्य के खर्च को बचाए। अगर आप एक होम लोन लेना चाहते हैं ताकि आप हर महीने के किराये में जाने वाला पैसा बचा सकें तो पहले आपको इतना पैसा इकट्ठा कर लेना चाहिए कि आप डाउन पेमेंट कर पाएँ। आप इसको अपना एक आर्थिक लक्ष्य बना सकते हैं। घर लेते समय कम-से-कम 20 फीसदी डाउन पेमेंट दें और फिर कम ब्याज वाला अच्छा होम लोन ढूँढ़ें। लोन लेते समय सारे कागजों को ढंग से पढ़ें और समझें और शुरू से ही ब्याज के साथ-साथ रकम भी लौटाना शुरू कर दें। अपने सभी कर्जों को जल्दी खत्म करने की कोशिश करें। एक अच्छी आर्थिक स्थिति के लिए इस तरह की छोटी-छोटी बातों पर ध्यान देना बहुत जरूरी है।

6. किसी को उधार न दें

यह उतना ही सरल है जितना सुनाई पड़ता है। जैसे आपको कर्ज नहीं लेना चाहिए, उसी तरह आपको कोशिश करनी चाहिए कि आप किसी को उधार भी न दें। जब आप दोस्ती-यारी में किसी की मदद करने के लिए उसे उधार देते हैं और बार-बार ऐसा करने लगते हैं तो आप फिजूलखर्च करने वाले लोगों का आसान टारगेट बन जाते हैं। इन लोगों के पास तो हमेशा पैसे की कमी होती ही है और वे ऐसे दोस्त ढूँढ़ रहे होते हैं जो उन्हें उधार दे दें। यकीन करें कि कई ऐसे दोस्त आपसे मदद माँगने को तैयार बैठे होंगे।

यह एक बुरी आदत है, क्योंकि आप अपना कड़ी मेहनत से कमाया पैसा दूसरे को दे रहे हैं और हो सकता है कि वह कभी वापस ही न आए। दोस्ती-यारी में गया पैसा अक्सर लौटकर नहीं आता, साथ ही आप अपने लिए बेकार का स्ट्रेस मोल ले रहे होते हैं। यह उस दोस्त के लिए भी अच्छा नहीं जिसे आप उधार दे रहे हैं, क्योंकि उसे आसानी से पैसा मिलेगा तो उसकी आदत खराब होगी, फिर वह अक्सर उधार देने वाले ऐसे आसान टारगेट को ढूँढ़ेगा। इससे उसकी अपने सीमित बजट में रहने की आदत खराब हो जाएगी।

अगर आप मुसीबत में किसी की मदद करना चाहते हैं और उसे उधार देना चाहते हैं तो यह समझकर दीजिए कि ये पैसा कभी वापस नहीं आने वाला। ऐसा करने से या तो आप पैसा देंगे नहीं और अगर देंगे तो उसका कोई स्ट्रेस नहीं लेंगे और न ही आपके रिश्ते खराब होंगे।

7. मोल-भाव करें

इंसानों, वस्तुओं और खुद की कीमत समझिए और उस कीमत के अनुसार ही पैसे का लेन-देन कीजिए।

जैसे कि जब आप एक इंटरव्यू देने जाते हैं तो पहले से पता करके जाइए कि आपकी क्या कीमत है और कंपनी आपको कितने पैसे दे सकती है; फिर उतनी या उससे ज्यादा सैलरी के लिए मोल-भाव कीजिए। अपने लिए सही सैलरी माँगने की हिम्मत जुटाइए, चाहे वह आपकी पहली ही

नौकरी क्यों न हो। ऐसा करने के लिए आपको बहुत रिसर्च और सर्वे करना पड़ेगा। इंडस्ट्री में अपने सीनियर से पता करें या किसी और व्यक्ति से। किसी भी हाल में अनजान बनकर इंटरव्यू देने न जाएँ।

इसी तरह से, जब आप सामान खरीदने जाते हैं तो उसके मूल्य को समझें। केवल दुकानदार के बताए पैसे और अपने अंदाजे के बीच कितने भी पैसे देने को तैयार न रहें। उदाहरण के लिए, जब आप एक ब्रांडेड जींस खरीदने जाते हैं तो 5000 रुपए खर्च करने के लिए मानसिक रूप से तैयार होकर इसलिए न जाएँ, क्योंकि आपके दोस्त ने भी इतने रुपए खर्च किए हैं। सामान को देखकर उसके मूल्य को पहचानने की कोशिश करें, बाजार में थोड़ा सर्वे करें और फिर उस दुकान में मोल-भाव करें। जब आप मोल-भाव में समय लगाते हैं (जो कुछ घंटों और कुछ दिनों का भी हो सकता है) तो दुकानदार भी आपके भाव तक आने के लिए मजबूर होने लगता है, क्योंकि आपके साथ-साथ वह भी तो उतना समय लगा रहा है। यदि आप अपने भाव पर अड़े रहेंगे तो दुकानदार भी इतनी मेहनत के बाद आपको खाली हाथ नहीं जाने देगा। पर असल में हम इतनी मेहनत करते ही नहीं। दुकानदार जितने भी भाव बताता है, हम उससे थोड़ा कम करके दे देते हैं।

8. मार्केटिंग के जाल में न फँसें

पैसा खर्च करने की अपनी आदतों को बदले। मार्केटिंग करने वालों के हाथ की कठपुतली न बनें। वे तो चाहते हैं कि सभी लोग अपना सारा पैसा सामान खरीदने में ही खर्च कर दें लेकिन आपको अपनी जरूरतों को खुद समझना होगा और फिर फैसला लेना होगा कि आपको क्या खरीदने की जरूरत है और क्या नहीं। ललचाने वाले विज्ञापन, एक पीछे पड़ने वाला सेल्समैन, ऑनलाइन शॉपिंग एप्स या आपके स्टाइलिश दोस्त, इन सबकी बातों में न आएँ, क्योंकि ऐसा करने के बाद आप पछताएँगे। 'ना' कहने की हिम्मत रखें, क्योंकि जब आप ऐसा करेंगे तो आप बहुत ही अच्छा महसूस करेंगे।

केवल आप ही खुद को बता सकते हैं कि आपको क्या खरीदने की

आवश्यकता है। इच्छाओं पर खर्च न करें, केवल जरूरतों पर करें। खासकर यदि आप कर्ज में हैं। ऐसा सामान न खरीदें जो आप कभी उपयोग नहीं करने वाले। जो भी सामान आपको चाहिए या आपको पसंद है, वो आप अपनी पॉकेट के हिसाब से भी ढूँढ़ सकते हैं। इसलिए थोड़ी-सी रिसर्च कीजिए और तभी खरीदिए।

यह बात हमेशा याद रखिए कि कोई भी ऐसा ऑफर जो बहुत बढ़िया दिखता है, असल में बुरा होता है। किसी को कहीं भी कोई चीज मुफ्त में नहीं मिलती। यदि आपको किसी सामान में कोई सेल, कोई गिफ्ट या कोई चीज मुफ्त में मिल रही है, तो उस पर ध्यान दीजिए। देखिए कि क्या गड़बड़ है। कोई चीज केवल इसलिए मत खरीदिए कि उस पर सेल लगी है या उसके साथ कुछ मुफ्त मिल रहा है। यदि आपको उसकी जरूरत है तभी खरीदिए।

जब आप शॉपिंग करके आते हैं और आपके हाथों में बहुत सारे शॉपिंग बैग होते हैं तो आप एक अजीब-से आनंद का अनुभव करते हैं। हालाँकि यह आनंद कुछ ही देर का होता है, क्योंकि थोड़े ही समय में वे सारी नई चीजें बहुत ही साधारण लगने लगती हैं। उसके बाद आपके पास सामानों का एक ढेर होता है और भरने के लिए कई सारे बिल। तब आप ये फैसला लेते हैं कि ऐसा दुबारा नहीं करेंगे। लेकिन होता यह है कि जब भी आपको मौका मिलता है और आप बोर हो रहे होते हैं या खाली बैठे होते हैं या स्ट्रेस में होते हैं या बहुत खुश होते हैं तो आप फिर से इसी तरह बेमतलब की खरीदारी करने निकल पड़ते हैं। उसके बाद आप अपनी शॉपिंग को सही साबित करने की कोशिश करने लगते हैं।

इंसानों की एक और बुरी आदत है कि वे अपने सामान से भावनात्मक (इमोशनल) रूप से जुड़ जाते हैं और इसी बात का फायदा दुकानदार उठाते हैं। कोई भी ऐसी चीज जो आपके जीवन का हिस्सा बन जाती है वो आपके लिए बहुत कीमती हो जाती है। फिर आप उससे अलग नहीं होना चाहते। कंपनियाँ हमारी इसी कमजोरी का फायदा उठाती हैं। जब वे हमें मनी बैक गारंटी के साथ कोई सामान बेचती हैं, वे अच्छी तरह से जानती हैं कि अगर

एक बार सामान कस्टमर के हाथ में आ गया और वो उसका मालिक बन गया, तो वह उस सामान से भावनात्मक रूप से जुड़ जाएगा और फिर उस सामान को वापस करना उसके लिए मुश्किल होगा। सामान को ईएमआई (इक्वेटेड मंथली इन्स्टॉलमेंट) पर बेचने के पीछे इसी मानसिकता के उपयोग की मंशा होती है।

9. पेमेंट्स को ऑटोमेटिक बना दें

आपको पैसे के मामले में खुद पर भरोसा नहीं करना चाहिए। जैसे ही आप हाथ में या बैंक में पैसे देखेंगे- आप उसको खर्च करने के लिए ललचाने लगेंगे। इसलिए अच्छा होगा कि आप अपने पैसे को शुरू में ही सही खातों (एकाउंट्स) में भेज दें। न वो आपको दिखेगा और न आपको लालच आएगा।

कभी भी अपने सैलरी खाते से सारे खर्चे न करें। सबसे पहले एक अलग खाता खोलें, जिसे आप केवल मुसीबत के समय ही उपयोग में लाएँगे, जैसे कि बीमारी, दुर्घटना या नौकरी छूट जाने पर। इस खाते में अगले कम-से-कम छह महीने के लिए खर्च करने लायक पैसा हमेशा होना चाहिए। यह आपका इमरजेंसी फंड है और आप इसे तभी हाथ लगाएँगे जब कोई इमरजेंसी होगी। ऐसा करने से आपको कभी भी अपने माता-पिता या किसी और के सामने पैसे के लिए हाथ नहीं फैलाना पड़ेगा। इस खाते को एक खास दर्जा दें और किसी भी हाल में इससे पैसे न निकालें।

दूसरी बात यह है कि हमेशा याद रखें, आपने इस पैसे को कमाने के लिए कितनी मेहनत की है। इसलिए इस मेहनत का इनाम खुद को दें। खुद को इनाम देने का मतलब यह नहीं कि आप बहुत सारी शॉपिंग कर लें, जैसा कि आमतौर पर लोग करते हैं। खुद को इनाम देने का मतलब है कि अपनी पसंद की किसी एक खास चीज पर खर्च करना, जैसे कि बाहर खाने जाना, कोई मूवी देखना, अपनी पसंद की किताब लेना या किसी खास जगह पर घूमने जाना। याद रखिए कि आपको इन सभी में से केवल एक इनाम ही चुनना है।

रिटायरमेंट के समय आप जितना भी पैसा अपने पास चाहते हैं, उसके लिए अभी से निवेश करना शुरू कर दें। हिसाब लगाएँ कि उतना पैसा इकट्ठा करने के लिए आपको हर साल कितना पैसा बचाना होगा और फिर उस पैसे को हर महीने की किस्त में बाँट लें। ये सब करने के लिए कई तरह के सलाहकार और एप्स मौजूद है। हर महीने अपने सैलरी अकाउंट से आपको यह पैसा सीधे अपने रिटायरमेंट फंड में डालना है। इस रिटायरमेंट फंड का पैसा हर महीने निवेश करते रहें। अपने और अपने परिवार के हर कमाने वाले के लिए एक टर्म इंश्योरेंस खरीदें। अपनी गाड़ियों, बिजनेस और घर का भी इंश्योरेंस करवाएँ। पूरे परिवार का हॉस्पिटल का आकस्मिक खर्च उठाने के लिए एक अच्छा हेल्थ प्लान भी खरीदें।

ध्यान देने वाली तीसरी बात यह है कि आप अपने महीने के खर्च का एक अनुमान लगाएँ। हर महीने अपने सैलरी अकाउंट से उतना ही पैसा एक खर्चों वाले अकाउंट में डालें। अब आपके सैलरी अकाउंट में जो पैसा बचा है वह केवल आपका अपना है। उसे आप जैसे चाहें खर्च कर सकते हैं। अगर आपने यह कर लिया तो आपको जीवन में पैसे के मामलों में कभी भी परेशानी नहीं आएगी।

केवल यही एक तरीका है जिससे आप अपने पैसे से काम करवा सकते हैं और साथ ही उसके मजे भी ले सकते हैं। ये मत सोचिए कि एक लंबा-चौड़ा बजट बनाने से आप अपने खर्चे नियंत्रित कर पाएँगे। बजट बनाना बिल्कुल वैसा ही है जैसे स्लिम होने के लिए डायटिंग करना। यह ज्यादा दिन नहीं चलेगा। 'सबकुछ या कुछ भी नहीं' यह मानसिकता ज्यादा दिन तक कारगर नहीं होती, क्योंकि अगर आप खुद पर ज्यादा कड़ी पाबंदियाँ लगाएँगे तो आप जल्दी ही गलती कर बैठेंगे, जैसा कि बहुत कठिन डायटिंग करने पर होता है कि आप कुछ दिन तो कुछ नहीं खाते और फिर एक ही दिन सबकुछ खा जाते हैं। सही रास्ता है कि आप रोज छोटे-छोटे बदलाव करें। पैसा बचाने के लिए भी आप ऐसे कई छोटे-छोटे कदम उठा सकते हैं।

हर महीने आप जितनी बार बाहर खाने जाते हैं, उसे कम कर दें।
महीने में आप जितनी मूवीज देखते हैं, उनकी संख्या कम कर दें।
फालतू की शॉपिंग से बचें और किसी ऐसे इंसान को साथ लेकर जाएँ जो आपको फिजूलखर्ची करने से रोक सके।
अपने फोन, ऑनलाइन अकाउंट या किसी और सेवा पर हर महीने लगने वाले चार्जेस पर ध्यान दें।
ऐसे क्लब्स की मेंबरशिप छोड़ दें जहाँ आप नहीं जाते हैं।
ऐसी मैगजींस बंद करवा दें जिन्हें आप नहीं पढ़ते।
अपने निवेश पर आप जो भी फीस या ब्रोक्रेज देते हैं उसे चेक करें।
कोई भी बड़ी खरीद करते समय उस पर लगने वाले छोटे-छोटे एड-ऑन्स पर ध्यान दें। ये देखने में छोटे लगते हैं पर जुड़कर बहुत बड़ा खर्च बन जाते हैं।

10. कंपाउंडिंग के पावर का फायदा उठाएँ

कंपाउंड इंटरेस्ट, यानी चक्रवृद्धि ब्याज का करिश्माई असर सब जानते हैं। ये तब होता है जब आप अपने पैसे को बहुत समय तक निवेशित रखते हैं। ऐसा करने से आपको न केवल रकम पर ब्याज मिलता है, बल्कि ब्याज पर भी हर साल ब्याज जुड़ता जाता है। इसका असर यह होता है कि आपका कमाया हुआ ब्याज साधारण ब्याज से कई गुना ज्यादा होता है। इसलिए निवेश को लंबे समय तक बचाए रखना बहुत जरूरी है। यही कारण था जिसकी वजह से पहले दिए गए उदाहरण में राहुल और राज के फंड में इतना बड़ा अंतर आया था।

11. संपत्ति खरीदें

हर इंसान को यह जानकारी होनी चाहिए कि उसकी संपत्तियाँ (एसेट्स) क्या हैं और उसकी जिम्मेदारियाँ (लाइबिल्टीज) कौन-सी हैं।

संपत्ति वो होती है जो मालिक के लिए हर महीने कुछ कमाई करे और जिम्मेदारी वह है जो हर महीने मालिक से खर्च करवाए।

इसलिए आपका घर, कार, बाइक आपकी संपत्तियाँ नहीं हैं। ये सब बैंक की संपत्तियाँ हैं, क्योंकि बैंक ही इन पर दिए गए लोन पर कमाई कर रहा है। आपके लिए तो ये सारी जिम्मेदारियाँ हैं, क्योंकि आपको हर महीने इन पर खर्च करना पड़ता है और ये आपके लिए कुछ नहीं कमातीं।

आपका घर एक संपत्ति तब बनता है जब वह आपके लिए कमाने लगे, मतलब जब आप उसे किराये पर दे दें। यह किराया आपकी कमाई का दूसरा जरिया बन जाता है। इसी तरह अगर आपके पास कोई ऐसी गाड़ी है जिससे आपकी कोई कमाई होती है तो वह आपकी संपत्ति है। आपकी कमाई इन सारी संपत्तियों से मिलने वाले पैसे में से इनके लोन की ईएमआई घटाने पर बचने वाला पैसा है। इसलिए आपको संपत्तियाँ इकट्ठी करनी चाहिए, न कि जिम्मेदारियाँ।

संपत्तियाँ और जिम्मेदारियाँ कई तरह की हो सकती हैं। आपको बस यह याद रखना है कि अमीर दिखना काफी नहीं है, आपको सच में अमीर बनना है।

पैसे से आप खुशियाँ नहीं खरीद सकते, गरीबी से भी नहीं। पर पैसे से आप अपने और अपने परिवार के लिए बहुत सारी अच्छी-अच्छी चीजें खरीद सकते हैं। इसलिए कोशिश कीजिए कि आपके पास बहुत सारे पैसे हों।

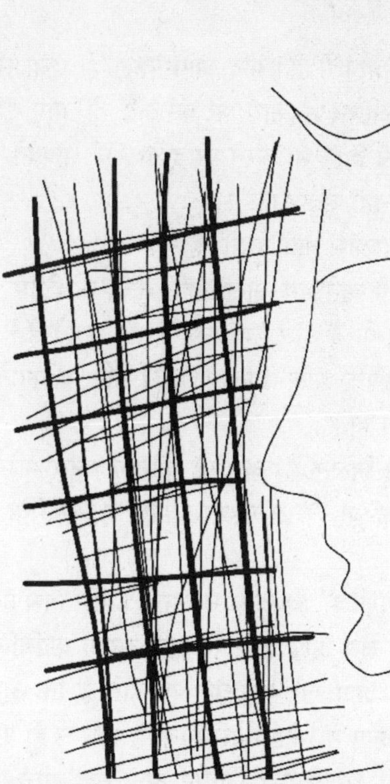

आप ही अपने जीवन के सीईओ हैं

हिम्मत तब नहीं मिलती जब आप सारे जवाब जानते हों। यह तब मिलती है जब आप उन सारे सवालों का सामना करने के लिए तैयार हों, जिनसे आप पूरी जिंदगी बचते रहे।

–शैनन एल. एल्डर

आप अपने जीवन की सबसे कीमती चीज हैं, चाहे आप विश्वास करें या न करें। सारी दुनिया का ज्ञान और दौलत मिलकर भी आपकी अंदरूनी शक्ति की बराबरी नहीं कर सकती। इस संसार में आप जो भी ठान लें,

उसको कर लेने की ताकत आप में है। यदि आप पहले ही ऐसा सोचते हैं और इसी हिसाब से अपने जीवन में कार्य भी करते हैं तो आप दुनिया के कुछ चुनिंदा लोगों में शामिल हैं। ऐसा करने पर दुनिया में आपको कोई भी अपना लक्ष्य प्राप्त करने से नहीं रोक सकता।

लेकिन आप इस पर विश्वास नहीं करते, है न?

लेकिन क्यों? क्योंकि ये बातें हमें बोली नहीं जातीं, कोई हमें यह याद नहीं दिलाता कि हम कमाल के हैं और हम कमाल कर सकते हैं!

क्या सुबह उठने पर आपके माता-पिता या कोई और ये कहता है कि आज तुम कमाल करने वाले हो?

उल्टा अक्सर सुनने को मिलता है कि तुम्हें कौन-सा तीर मारना है?

मैं समझ सकती हूँ कि यह कैसा एहसास होता है, क्योंकि मैं खुद इससे गुजर चुकी हूँ।

स्वयं की ताकत और गुणों में विश्वास न करना हमारी असफलता का सबसे बड़ा कारण होता है। जब आप खुद पर और अपनी काबिलियत पर शक करते हैं तो असल में आप खुद को बता रहे होते हैं कि आप बहुत ज्यादा स्मार्ट नहीं हैं, न ही आप में कोई खास खूबी है और न ही आप कुछ अनोखा पाने के लायक हैं। अपनी पूरी जिंदगी आप यही सोच-सोचकर खुद को बेवकूफ बनाते रहते हैं कि आप जीवन में कुछ भी अनोखा पाने के लायक नहीं हैं, क्योंकि ऐसा तो कुछ चुनिंदा लोगों के साथ ही होता है। विश्वास करिए, जब आप ऐसा सोचते और महसूस करते हैं तो निश्चित ही आप अपने सपनों को कभी भी पूरा नहीं कर पाएँगे।

आप यह तो कहते रहते हैं कि आप जीवन में सफल होना चाहते हैं पर जब तक आप खुद अपने पूरे मन से, पूरी दृढ़ता के साथ इस पर विश्वास नहीं करेंगे, तब तक दूसरे भी इस पर विश्वास नहीं करेंगे। और जब तक ऐसा नहीं होगा तब तक आप दूसरे लोगों को इस बात के लिए तैयार नहीं कर सकते कि वे अपना पैसा और अपना समय आप पर लगाएँ।

आपके लिए ये बात समझनी बहुत जरूरी है कि आप ही अपने जीवन के सीईओ हैं। आपके जीवन में जो भी होता है उसके लिए केवल आप ही

जिम्मेदार हैं। अपनी सफलताओं और असफलताओं के लिए आपको स्वयं ही सारी जिम्मेदारी लेनी होगी।

अपने जीवन को आपको एक करोड़ों-अरबों की प्राइवेट लिमिटेड कंपनी समझना होगा। आप ही इस कंपनी के अकेले मालिक हैं और आपको ही इसकी सफलता के लिए अथक मेहनत करनी होगी, चाहे आप नौकरी करते हों, अपना छोटा-सा बिजनेस सँभालते हों, पढ़ाई करते हों, अपना ऑफिस सँभालते हों या अपना घर- खुद को हमेशा एक ऐसा उद्‍यमी (आंत्रप्रेन्योर) समझें जिसको अपने ब्रांड की साख का बहुत ध्यान रखना होता है। इस तेजी से बदलती दुनिया में जब बदलाव ही एक अकेली स्थायी चीज है, आप केवल अपने भरोसे पर हैं, किसी बड़ी कंपनी का नाम आपके साथ नहीं जुड़ा है। आप ही अपने ब्रांड हैं। आपको खुद को दुनिया के सामने प्रदर्शित करना है। लेकिन हम ऐसा न सोचकर किसी बड़े ब्रांड, कंपनी या व्यक्ति का इंतजार करते हैं कि वह हमें सफलता की ओर आगे लेकर जाएगा।

आपको यह याद रखना है कि आप खुद ही ब्रांड हैं और अपने उस ब्रांड के एंबेसडर भी हैं। आपका बिजनेस, कंपनी, स्कूल या कॉलेज, परिवार या बच्चे आपके ब्रांड का हिस्सा नहीं हैं। इस विचार को अपनाने के लिए आपको अपने सोचने के तरीके में बहुत बड़ा बदलाव लाना होगा। सोच का यह बदलाव ही आपके जीवन को बदलकर रख देगा।

जब आप अपना हर दिन इसी धारणा के साथ जीते हैं तो आप सफल होने के लिए कड़ी मेहनत करते हैं। जब आप अपने काम में बहुत अच्छे हो जाते हैं तो आप ही अपने ब्रांड के सही ब्रांड एंबेसडर बन जाते हैं। लोग आपसे जुड़ना चाहते हैं और आपके साथ काम करना चाहते हैं। ऐसा करते हुए आप अपनी ब्रांड वैल्यू (कीमत) को बढ़ाते जाते हैं।

यह विचार इतना शक्तिशाली है कि आपको इसे दोहराते रहना चाहिए।

आप खुद एक ब्रांड हैं
आप ही अपने ब्रांड एंबेसडर हैं

0 सिद्धांत का प्रयोग

आपने बहुत सारे मशहूर लोगों को अपना काम करते हुए दूर से देखा होगा। वे बहुत बड़े ब्रांड हैं और अपने ब्रांड पर लगातार काम करते रहते हैं, चाहे वह बाहरी तौर पर हो या अंदरूनी तौर पर। वे लोग हर रोज कड़ी मेहनत करते हैं, अपने व्यक्तित्व के अलग-अलग पहलुओं को छूने की कोशिश करते हैं, दूसरे लोगों के साथ मिलकर काम करते हैं और ऐसा करते-करते वे बहुत बड़े और कीमती ब्रांड बन जाते हैं। लोग ऐसे मशहूर लोगों में खुद को ढूँढ़ने की कोशिश करते हैं, उनसे बहुत प्रभावित होते हैं और उनके जैसे बनना चाहते हैं। आपको भी अपने लिए यही करना है।

जैसे ही कोई इंसान आपको मिलेगा, वह तुरंत आपको इंटरनेट पर ढूँढ़ने की कोशिश करेगा। वह फेसबुक, लिंक्डइन, ट्विटर इत्यादि पर आपको ढूँढ़ेगा और देखेगा कि आप क्या-क्या करते रहे हैं। वह यह खोजने की कोशिश करेगा कि आप किन चीजों को पसंद करते हैं, कहाँ-कहाँ गए हैं, किस चीज के लिए जाने जाते हैं, आपने क्या-क्या हासिल किया है, आप किन लोगों के साथ उठते-बैठते हैं, आपके जीवन के मूल्य और सिद्धांत क्या हैं, आप दोनों के बीच कहीं कोई संबंध स्थापित होता है या नहीं, क्या आप उसके भरोसे के लायक हैं और क्या आपके साथ मिलकर वह कुछ सफल काम कर सकता है?

आप ज्यादा समय तक कोई दिखावा नहीं कर सकते और आपको ऐसा करना भी नहीं चाहिए, क्योंकि आप जीवन में लंबे समय के लिए सफल होना चाहते हैं। लंबी सफलता कभी भी शॉर्टकट से नहीं मिलती है। आपको अपने बाकी के जीवन के हर दिन कड़ी मेहनत करनी होगी, हर रोज खुद को सुधारना होगा और धीरे-धीरे अपने लक्ष्य की ओर बढ़ना होगा। जिस दिन आप बेहतर होना और उसके लिए काम करना छोड़ देंगे, उस दिन कोई और आपकी जगह ले लेगा।

आगे बढ़ने से पहले यह बात समझना जरूरी है कि आपके जीवन में क्या लक्ष्य हैं, यह केवल आप ही समझ सकते हैं। यह बात आपके लिए कोई और नहीं सोच सकता। हर इंसान को जीवन अपने तरीके से जीने का

अधिकार है। हो सकता है कि आप एक आरामपसंद व्यक्ति हों, जो अपना जीवन अपने ही हाल में गुजारकर खुश रहता है। अगर आप एक संतुष्ट इंसान हैं जिसकी बहुत कम इच्छाएँ हैं तो आप उसी तरह का जीवन जी सकते हैं। इसमें शर्म की कोई बात नहीं।

हर व्यवसायी एक बहुत बड़ा बिजनेसमैन बनना चाहे, ऐसा जरूरी नहीं। हर कलाकार सेलेब्रिटी बने, यह भी जरूरी नहीं। लेकिन हर इंसान अपने परिवारवालों, साथ काम करने वालों और आस-पास के लोगों का लाड़ला तो बनना ही चाहता है। हर इंसान चाहता है कि ये लोग उसकी इज्जत करें, उससे उम्मीद रखें और उससे प्यार करें।

आपको थोड़ा आत्ममंथन करना होगा। अगर आपको ऐसा लगता है कि नीचे लिखी बातें आपके लिए सही हैं तो आप एक ऐसे इंसान हैं जो जीवन में तरक्की चाहता है-

1. आप खुद से और अपनी जिंदगी से बहुत कुछ पाना चाहते हैं।
2. आपको ऐसा लगता है कि आप में अभी बहुत काबिलियत बची है।
3. आप यह जानना चाहते हैं कि धार्मिक, आर्थिक, सामाजिक एवं व्यक्तिगत रूप से आप और क्या-क्या हासिल कर सकते हैं।
4. आपको इस बात का एहसास हर रोज होता है कि जीवन केवल इतना ही नहीं है।

जब आप खुद को बेहतर बनाने के लिए कुछ भी करते हैं तो आपको बहुत खुशी महसूस होती है। यही वह रास्ता है जो आपको अपने लक्ष्य तक पहुँचाएगा (सेल्फ एक्चुलाइजेशन)। आपको हर रोज खुद को बेहतरीन बनाने के लिए कोशिश करते रहना है।

0 अपने ब्रांड पर कैसे काम करें

अपने ब्रांड को स्थापित करने के लिए आपको बहुत सारी अंदरूनी और बाहरी खूबियों पर काम करना पड़ेगा। मैं यहाँ पर अपनी कुछ पंसदीदा खूबियों के बारे में अपने विचार रखूँगी। ये वो खूबियाँ हैं जिनका असर

मुझ पर सबसे ज्यादा पड़ा है। सबसे महत्वपूर्ण बात यह है कि ये सब खूबियाँ कोई भी अपने अंदर विकसित कर सकता है। यह बिल्कुल भी आसान नहीं होगा लेकिन मेहनत, समर्पण और लगातार प्रयास से इसे संभव किया जा सकता है।

1. अच्छे दिखें

अच्छा दिखना केवल दिखावा नहीं है, यह आत्मसम्मान के लिए भी जरूरी है।

–चार्ल्स हिक्स

यह सबसे जरूरी चीज है कि आप अच्छे दिखें। अच्छे दिखने का अर्थ सुंदर होना नहीं है। ये तो बहुत संकीर्ण सोच है और बहुत ज्यादा भ्रमित करने वाली भी। अच्छे दिखने का अर्थ है साफ-सुथरा होना, ठीक कपड़े पहनना और संपूर्ण रूप से व्यवस्थित दिखना। आप दिखने में चाहे कैसे भी हों, थोड़ी-सी मेहनत और ध्यान देने से आप बहुत अच्छे लग सकते हैं। जब आप अच्छे दिखते हैं तो लोग खुद आपसे बात करना चाहते हैं, आपके पास रहना चाहते हैं और आपसे जुड़ना चाहते हैं। यह किसको पसंद नहीं?

यदि आपको खुद एक अच्छे दिखने वाले व्यक्ति और एक अजीब-से दिखने वाले व्यक्ति के बीच चुनना हो तो आप किसको चुनेंगे? आप अपना जवाब जानते हैं।

आपके लुक्स आपके पहले प्रभाव (फर्स्ट इंप्रेशन) को बना या बिगाड़ सकते हैं। पहला प्रभाव अच्छा होना इसलिए जरूरी है, क्योंकि बहुत अधिक समय और पैसा खर्च करके भी आप इस पहले प्रभाव को आसानी से नहीं बदल सकते। हर कोई यह बात समझता है कि हर इंसान में बहुत सारी ऐसी खूबियाँ हो सकती हैं जो पहली बार देखने में पता नहीं चल पातीं, लेकिन फिर भी ज्यादातर लोग इस पहले प्रभाव के आधार पर ही अपनी पसंद या नापसंद निर्धारित करते हैं। इसीलिए ज्यादातर युवा केवल लुक्स को ही जरूरी मानते हैं।

अगर आप यह बोलते हैं कि आपके लिए लुक्स मायने नहीं रखते तो

आप खुद को बेवकूफ बना रहे हैं। किसी भी इंसान के व्यक्तित्व का एक जरूरी हिस्सा होते हैं लुक्स। हमारे समाज में अच्छा दिखने के लिए काफी स्ट्रेस भी लिया जाता है।

यदि आपने खुद को स्वयं से यह बोलते पाया है कि आप अच्छे नहीं दिखते तो आप बिल्कुल ही गलत रास्ते पर हैं। ऐसा इसलिए है कि खुद को सुधारने के लिए पहले आपको खुद को अपनाना होगा। आप जैसे भी हैं, उसी रूप में आपको खुद को प्यार करना चाहिए, जैसे कि आप अपने दोस्तों को करते हैं और उनकी कमियों को नजरअंदाज करते हैं। पर इसका यह मतलब कतई नहीं है कि आप अपने दोस्तों को बेहतर बनाने के लिए कोशिश नहीं करते। आप उनकी मदद करने और उन्हें बेहतर बनाने के लिए बहुत कुछ करते हैं। ठीक उसी तरह आपको खुद के लिए भी करना होगा।

सारी दुनिया के सभी मशहूर लोगों को ध्यान से देखें, चाहे वे फिल्मों, खेल जगत, मीडिया, बिजनेस, राजनीति या किसी दूसरे क्षेत्र से संबंधित हों। ज्यादातर लोग आपको बहुत ही साधारण कद-काठी और चेहरे वाले दिखेंगे, लेकिन फिर भी ये सभी लोग ग्लैमरस लगते हैं, क्योंकि वे खुद पर विश्वास रखते हैं कि वे ग्लैमरस हैं। कम-से-कम ऐसा लगता तो है कि वे ऐसा सोचते हैं। ऐसा सोचना कोई मुश्किल काम नहीं है, आपको हर रोज लगातार खुद को यह विश्वास दिलाना है कि आप जैसे भी हैं, बहुत सुंदर या हैंडसम हैं। जब आप इस बात पर अपने पूरे मन से विश्वास करेंगे तो दूसरे लोग भी इस पर विश्वास करने लग जाएँगे और यह एक सच्चाई बन जाएगा।

क्या आपको मेरी इस बात पर विश्वास नहीं ? तो आप खुद ट्राई करके देखिए। याद रखिए कि जब तक आप ऐसे बन नहीं जाते, तब तक आपको ऐसा बनने का नाटक करना होगा।

अच्छा दिखना अब और भी ज्यादा जरूरी होता जा रहा है, क्योंकि हम लोग सेल्फी, फेसबुक और इंस्टाग्राम की दुनिया में रहते हैं। लोगों में जैसे अच्छा दिखने की एक होड़-सी लगी हुई है। जब आप किसी अनजान व्यक्ति को देखते हैं तो आप केवल उसके पहनावे और लुक्स को देखकर,

कुछ ही पलों में उसके बारे में अपना एक नजरिया बना लेते हैं। उस इंसान के बारे में कोई भी बात जाने बिना आप खुद ही उसका एक व्यक्तित्व अपने दिमाग में कायम कर लेते हैं। आप किसी इंसान को सुंदर, स्टाइलिश, बेवकूफ, कूल, बदतमीज, झल्ला, अजीब, संस्कारी और न जाने क्या-क्या मान लेते हैं।

ये जो लेबल आपने लोगों को दिए हैं, वे जीवनभर के लिए आपके दिमाग में बस जाते हैं। यदि कोई इंसान पहली बार देखने पर हमें पसंद नहीं आता तो अक्सर हम उससे कभी कोई बात ही नहीं कर पाते। इस मानसिकता के कारण हम बहुत सारे भावी अच्छे दोस्त या साथी खो देते हैं। हर इंसान इस तरह की लेबलिंग कर देता है। हम बचपन से इस तरह पले-बढ़े हैं कि हम सुंदर चीजों और लोगों के प्रति ज्यादा आकर्षित होते हैं। यह बहुत ही सामान्य बात है। बहुत कम लोग ऐसे होते हैं जो लुक्स से ज्यादा व्यक्तित्व को अहमियत देते हैं।

अगर हम मान लें कि आप एक नॉर्मल इंसान हैं तो आप न केवल दूसरों पर लेबल लगाते होंगे, बल्कि दूसरे भी आप पर इसी तरह का लेबल लगा रहे होंगे। जब भी आप किसी से मिलते हैं, चाहे वह आपके माता-पिता हों, दोस्त, भाई-बहन, साथ में काम करने वाला, पड़ोसी, टीचर या राह में चलता कोई अनजान व्यक्ति ही क्यों न हो, वह एक नजर देखने पर ही आपके बारे में अपनी एक राय बना लेता है।

अब जब भी आप किसी अनजान व्यक्ति से पहली बार मिलें तो खुद पर ध्यान दें कि कैसे आपने उसके लुक्स और पहनावे के आधार पर उसके बारे में एक राय बनाई। जब कोई दूसरा इंसान हमारे साथ ऐसा करता है तो हम कहते हैं कि उसकी सोच कितनी छोटी है, पर असल में हम सभी यही कर रहे हैं।

अगर हम ईमानदारी से सोचें तो आपके लुक्स के बारे में केवल कुछ ही चीजें ऐसी हैं, जिन पर आपका नियंत्रण नहीं है, जैसे कि आपके नाक-नक्श, रंग और आपकी कद-काठी। बाकी सभी चीजें पूरी तरह से आपके कंट्रोल में हैं-

अच्छे कपड़े
अच्छे जूते
एक्सेसरीज
साफ और स्वस्थ स्किन (त्वचा)
साफ और सँवरे हुए बाल
स्वस्थ शरीर
साफ-सुथरे हाथ-पैर
शरीर की सुगंध
साफ, चमकते दाँत
चेहरे के अनुरूप हेयर स्टाइल
साफ-सुथरा शरीर
केवल जरूरी टैटू और पियर्सिंग

अगर आप इन सारी बातों को ध्यान से देखें तो आप समझ जाएँगे कि आपके लुक्स को निर्धारित करने वाली ज्यादातर बातें आपके कंट्रोल में ही हैं और इनका ध्यान आप थोड़ी-सी समझदारी से रख सकते हैं।

यह एक भ्रम है कि अच्छा दिखने के लिए आपको बहुत खर्च करना पड़ता है। जब आप बहुत अमीर हो जाएँ, तब तो आप ऐसा कर ही सकते हैं लेकिन तब तक आप थोड़ा-सा समय, ध्यान देकर और मेहनत करके अपने लुक्स को बहुत बेहतर बना सकते हैं। यहाँ यह बात ध्यान रखने वाली है कि हम किसी शॉर्टकट की बात नहीं कर रहे। इनमें से ज्यादातर चीजें बेहतर करने के लिए आपको अपने रोजमर्रा के जीवन में बदलाव लाना होगा और यही अच्छी आदतें आपको जीवनभर अच्छा दिखने में मददगार साबित होंगी।

1. कपड़े

यह आपके लुक्स का सबसे बड़ा हिस्सा है। ऐसा इसलिए, क्योंकि जब भी कोई आपको देखता है तो सबसे ज्यादा प्रभाव आपके कपड़ों का ही पड़ता है। इन्हीं के आधार पर लोग आपको 'खास' या 'साधारण' समझते हैं।

- आप जो भी कपड़े पहनें वे साफ, इस्त्री किए हुए और आपके शरीर के अनुसार ही होने चाहिए। यही सबसे जरूरी बात है। चाहे आप कहीं भी जाएँ और किसी के साथ भी हों, आपके कपड़े अच्छे ही होने चाहिए।
- जब भी आप अपने घर से बाहर निकलें या कोई मेहमान आपके घर पर आए तो आपको अच्छे कपड़ों में ही होना चाहिए।
- आपके कपड़े हमेशा सही फिटिंग के होने चाहिए। बहुत ढीले या बहुत टाइट कपड़े अजीब लगते हैं।
- यह जानने के लिए कि किस तरह की पोशाक आप पर अच्छी लगती है, आप अपने किसी ऐसे भरोसेमंद दोस्त या साथी से सलाह ले सकते हैं, जिसको इन बातों की समझ हों। आजकल तो आप इंटरनेट पर भी ऐसी जानकारी प्राप्त कर सकते हैं। धीरे-धीरे आपका आत्मविश्वास बढ़ेगा और आप अपनी खुद की एक स्टाइल बना लेंगे।
- आप किसी ऐसे स्टार को भी फॉलो कर सकते हैं, जिसकी कद-काठी आपसे मिलती-जुलती हो।
- हमेशा समय और मौके के हिसाब से पोशाक चुनें। दिन में बहुत चमकीले और रात में बहुत साधारण कपड़े न पहनें।
- आप जिन लोगों से मिलने वाले हैं, उनके हिसाब से पोशाक चुनें। आप उन्हें अपना कौन-सा रूप दिखाना चाहते हैं, यह जानना यहाँ जरूरी है।
- नए प्रयोग करने के लिए तैयार रहें लेकिन याद रखें कि हर किसी पर हर तरह की पोशाक अच्छी नहीं लगती। यह बहुत जरूरी है कि आप जो भी पोशाक चुनें, वह आपके लिए सहज हो और आप उसे पहनकर अच्छा महसूस करें।
- अच्छे कपड़ों का मतलब महँगे कपड़े नहीं होता। आपको ब्रांडेड कपड़े तभी लेने चाहिए, जब आप अपनी मेहनत की कमाई से इस फिजूलखर्ची के लिए तैयार हों। अपने माता-पिता का पैसा ब्रांडेड कपड़ों पर उड़ाना बहुत बेवकूफी का काम है। जो ब्रांडेड कपड़े आप खरीदते हैं, कंपनियाँ उन्हें 300-400 प्रतिशत मुनाफे पर बेच रही होती हैं। जब तक

ऐसे कपड़ों पर बहुत ज्यादा छूट न चल रही हो, तब तक उनको लेना पानी में पैसा बहाने के समान है।

- छोटे बाजारों में भी शॉपिंग करने जाएँ। वहाँ आपको ऐसे कपड़े मिलेंगे जो आपके बजट में होंगे, अच्छे दिखते होंगे और जिनको आप आसानी से मिक्स-एंड-मैच कर पाएँगे। सबसे बड़ा फायदा यह होगा कि आपको कभी भी बिल्कुल अपने जैसे कपड़े पहने लोग नहीं दिखाई देंगे।
- जब भी आपको किसी खास मौके, जैसे कि शादी, पार्टी या त्योहार के लिए कोई ड्रेस बनवानी हो तो उसकी तैयारी पहले से ही करना शुरू कर दें। इससे आपको सही दाम पर अच्छे कपड़े खरीदने के लिए काफी समय मिल जाएगा।
- यदि आप किसी नामी फैशन डिजाइनर के कपड़े लेना चाहते हैं तो सीधे उस पर हजारों-लाखों रुपए न उड़ा दें। उस ड्रेस की फोटो ढूँढ़कर उसे अपने टेलर या किसी छोटे डिजाइनर को दिखाएँ। वह आपके लिए वही ड्रेस एक-चौथाई से भी कम कीमत पर बना देगा। इससे आपके पैसे तो बचेंगे ही, साथ ही आप एक डिजाइनर ड्रेस पहनने के मजे भी ले पाएँगे।
- ज्यादातर लोगों को कपड़े खरीदने का बहुत शौक होता है। इस शौक को पूरा करते हुए हमें पता ही नहीं चलता कि कब हमने घर पर कपड़ों का ढेर लगा दिया। खरीदारी करते समय ध्यान दें और जो आपको सच में लेना था और जो आप लेने के लिए आए थे, वही लें।
- खाली बैठें हुए अपनी बोरियत दूर करने के लिए मोबाइल फोन पर शॉपिंग न शुरू कर दें। अगर आप ऐसा अक्सर करेंगे तो आपके आर्थिक लक्ष्य कभी भी पूरे नहीं हो पाएँगे। इसलिए यह बहुत जरूरी है कि आप अनुमान लगाएँ कि हर महीने कपड़ों पर कितना खर्च कर सकते हैं। यह आपको फिजूलखर्च करने से रोकेगा। कभी-कभार आपसे गलती हो सकती है पर ज्यादातर आप सही फैसला कर पाएँगे।
- ऑनलाइन शॉपिंग करना लोगों के लिए एक नशे की तरह बन जाता है। यह एक ऐसे साम्राज्य का भ्रम पैदा करता है जहाँ पर आप राजा हैं और छड़ी घुमाते ही कोई भी चीज प्राप्त कर सकते हैं। इस छड़ी का नाम है

क्रेडिट कार्ड। हम ऐसा इसलिए कर जाते हैं, क्योंकि इस बिल की लागत का एहसास हमें उस समय नहीं हो पाता। इसलिए ध्यान रखें, अपने क्रेडिट कार्ड को इमरजेंसी में ही प्रयोग करें, न कि अपनी बोरियत दूर करने के लिए।

- अपने घर को ऑनलाइन शॉपिंग का गोदाम न बना डालें। अगर आप ऊपर दिए हुए सिद्धांत का पालन नहीं करेंगे तो ऐसा होने का खतरा बढ़ जाएगा।
- अगर आपने किसी पोशाक को पिछले दो साल से नहीं पहना है तो संभावना है कि आप इसे कभी भी दुबारा नहीं पहनेंगे। इसलिए ऐसे कपड़ों से छुटकारा पा लें।
- जो भी चीज आपको दुकान में पसंद आती है, उससे अपनी भावनाओं को न जोड़ लें। भावनाओं को जीवन की ज्यादा जरूरी चीजों के लिए बचाकर रखें। यदि आपका दिमाग आपको इशारा कर रहा है कि आपको यह सामान नहीं खरीदना चाहिए तो उसी की सुनें, न कि अपने मन की। इस आसान तरीके से आप अपने हजारों रुपए और कीमती समय बचा सकते हैं।
- आखिर में, नीचे लिखी बात का ध्यान रखें-

जो भी चीजें आप पहनते हैं, उनमें सबसे ज्यादा जरूरी है आपके चेहरे का भाव।

-जैनेट लेन

2. जूते

अच्छे जूते खरीदने के लिए आपको पैसे खर्च करने के लिए तैयार रहना चाहिए। जूते न केवल स्टाइलिश, बल्कि आरामदायक भी हों।

- आपको अपने जूते ध्यान से चुनने होंगे। जूते आपके ड्रेस से पूरी तरह मैचिंग भले ही न करें पर उसके अनुसार जरूर होने चाहिए।
- लड़कियों के जूते उनकी ड्रेस के मुताबिक ही वैस्टर्न या इंडियन होने चाहिए।

• लड़कों को ध्यान रखना चाहिए कि उनके जूते स्टाइलिश तो हों लेकिन फूहड़ न हों। उनको अपने स्टेटस के हिसाब से जूते चुनने चाहिए।

अच्छे जूते आपको अच्छी जगहों पर ले जाते हैं।
– सीओ मिन ह्यून

3. एक्सेसरीज

कई लड़के-लड़कियाँ लेटेस्ट ट्रेंड के हिसाब से कई तरह के एक्सेसरीज पहनते हैं जो कि उनकी स्टाइल बन जाती है। लेकिन आपको यह ध्यान रखना है कि यह बहुत ज्यादा न हो जाए।

• लड़कों को तो एक्सेसरीज का प्रयोग कम ही करना चाहिए, जब तक कि कोई रात की फैंसी पार्टी न हो।

• एक्सेसरीज में ध्यान रखने वाली बात यह है कि इनको पहनने से आपके आत्मविश्वास और स्टाइल में बढ़ोतरी होनी चाहिए।

स्टाइल बिना कुछ बोले अपनी पहचान बताने का एक तरीका है।
–रेचल जोई

4. साफ और स्वस्थ त्वचा

अस्वस्थ और मुरझाई त्वचा देखने में बहुत ही बुरी लगती है। यह बताती है कि आप अपने शरीर का ध्यान नहीं रखते हैं।

• अगर आपकी त्वचा पैदायशी अच्छी नहीं है तो आपको अपनी आदतों से उसे अच्छा बनाना पड़ेगा।

• आपको हर रोज, जीवनभर के लिए अपनी त्वचा को साफ करने, टोन करने और मॉइश्चराइज करने का नियम निभाना पड़ेगा।

• अगर आपको त्वचा की कोई परेशानी है तो आप किसी अच्छे त्वचा रोग विशेषज्ञ को दिखा सकते हैं। आजकल हर परेशानी का समाधान उपलब्ध है।

- छोटी-मोटी परेशानी के लिए आप दादी-नानी के नुस्खे भी प्रयोग में ला सकते हैं।
- आपको पूरे दिन खूब पानी पीना चाहिए। इसका मतलब यह नहीं कि सुबह ही दो बोतल पानी पी लें और दिनभर के लिए उसे भूल जाएँ।
- आपको हेल्दी खाना खाना चाहिए। आपको मैदे, चीनी और जंक फूड से दूर रहना चाहिए। यह आपके शरीर और खासकर आपकी त्वचा के लिए धीमे जहर के समान है।
- पूरी नींद लें।
- बाजार में कई तरह के सौंदर्य उत्पाद मिलते हैं। आपको यह ध्यान रखना है कि आप पूरी जानकारी लेकर ही किसी एक को चुनें। उनकी मार्केटिंग से प्रभावित होकर कोई फैसला न लें।
- कोशिश करें कि आप किसी दवा कंपनी के बनाए हुए सौंदर्य उत्पाद ही लें। दूसरे उत्पाद ज्यादा महँगे होंगे और कम प्रभावी भी।
- सबसे जरूरी बात है कि आप खुश रहें। आपकी खुशी आपकी त्वचा की चमक में साफ झलकती है।

5. साफ, स्वस्थ और सँवरे हुए बाल

- आपके बाल साफ, डैंड्रफ मुक्त और सुपोषित होने चाहिए।
- आपके बाल दो-मुँहे बिल्कुल भी न हों।
- एक अच्छे शैंपू और कंडीशनर का प्रयोग करें।
- अगर आपको बालों या सिर की त्वचा की कोई परेशानी है तो किसी त्वचा रोग विशेषज्ञ को दिखाएँ।
- किसी छोटी-मोटी परेशानी के लिए आप घरेलू उपाय प्रयोग में ला सकते हैं।
- बालों के हिसाब से अलग-अलग तरह के ट्रीटमेंट उपलब्ध होते हैं, आप उनका प्रयोग कर सकते हैं।
- अपने बालों को चमकदार रखने के लिए खूब पानी पिएँ। रूखे-सूखे बाल बिल्कुल भी अच्छे नहीं दिखते हैं।

• आपके बाल सही ढंग से कटे और सँवरे होने चाहिए। आपका लुक आपके काम और वातावरण के हिसाब से होना चाहिए।

• सालों तक एक ही तरह का लुक रखना सही नहीं होता है। आपको इसमें बदलाव करते रहना चाहिए। आपकी हेयर स्टाइल आपके लुक को बहुत अच्छा बना सकती है।

6. फिट बॉडी

एक स्वस्थ और फिट बॉडी आपकी अच्छी आदतों को दर्शाती है। आप क्या खाते हैं, अपना कितना ध्यान रखते हैं और जीवन के प्रति आपका नजरिया कैसा है, यह सबकुछ आपकी फिटनेस में दिखता है।

• आपको कम कार्बोहाइड्रेट वाला हेल्दी भोजन करना चाहिए। बहुत ज्यादा चीनी और मैदा आपके शरीर को खराब करते हैं। जब आप इन चीजों से दूर रहेंगे तो शुरू में थोड़ी परेशानी होगी, लेकिन फिर यह आपके जीने का तरीका ही बन जाएगा।

• हर रोज तीन-चार लीटर पानी पीजिए। अपने साथ एक पानी की बोतल हमेशा रखिए। आप पानी में फलों का रस मिलाकर उसे मजेदार भी बना सकते हैं।

• यह सोचकर खुद को बेवकूफ मत बनाएँ कि आप अभी ठीक हैं। किसी गंभीर परेशानी का इंतजार मत करिए। आपका शरीर आपको समय-समय पर इशारे करता है, उन पर ध्यान दीजिए और एक अच्छे डॉक्टर को दिखाइए।

• अपनी बुरी आदतों को छोड़ने की कोशिश कीजिए, जैसे- शराब पीना, सिगरेट या और कोई ड्रग लेना।

• हर रोज 30-60 मिनट कोई-न-कोई व्यायाम कीजिए। जो भी आपको पसंद आए, जैसे की दौड़ना, चलना, जिम जाना, तैराकी करना, डांस करना, योगा, जुंबा इत्यादि में से किसी को भी आप चुन सकते हैं। जरूरी बात यह है कि आप उसे लगातार करें। आप अलग-अलग दो तरह के व्यायामों को मिलाकर भी कर सकते हैं।

- कोशिश कीजिए कि यह व्यायाम आप सुबह-सवेरे ही कर लें। रिसर्च बताती है कि सुबह के समय व्यायाम करने के आसार शाम से 90 प्रतिशत तक ज्यादा होते हैं। शाम को कई तरह के काम आपका ध्यान बँटा सकते हैं।
- अच्छी नींद लें ताकि आप सुबह तरोताजा और स्फूर्ति से भरे हुए उठें।
- रिसर्च के अनुसार, 100 प्रतिशत फिट बॉडी का मतलब है 70 प्रतिशत खाना और 30 प्रतिशत व्यायाम। इसलिए बिना सोचे-समझे कुछ भी न खाएँ।
- फिट होने से आप अच्छे तो दिखते ही हैं, साथ ही साथ आप अच्छा महसूस करते हैं, अच्छा सोते हैं और ज्यादा अच्छा फोकस कर पाते हैं।

7. साफ और स्वस्थ हाथ-पैर

आपके हाथ-पैरों को देखकर लगना चाहिए कि आप उनका ध्यान रखते हैं।

- आप रातोंरात उन्हें अच्छा नहीं बना सकते, इसके लिए आपको हर रोज उनका ध्यान रखना होगा।
- खासतौर पर रात में इन्हें साफ कर मॉइश्चराइज रखना चाहिए।
- आपको अक्सर पैडीक्योर और मैनिक्योर कराते रहना चाहिए।
- आपकी एड़ियाँ फटी हुई बिल्कुल भी नहीं होनी चाहिए।

8. बॉडी हेयर का रख-रखाव

- अच्छा दिखने के लिए बहुत जरूरी है कि आप रोज शेव करें।
- जो लड़के दाढ़ी बढ़ाते हैं उनको ध्यान रखना चाहिए कि वह ट्रिम हो और अच्छी दिखे।
- अगर आपके चेहरे पर अनावश्यक बाल हैं तो आपको त्वचा रोग विशेषज्ञ को दिखाना चाहिए।

9. शरीर की दुर्गंध

- ऐसा नहीं हो सकता कि आप अच्छे दिखें लेकिन आपसे दुर्गंध आए। आपको एक अच्छे परफ्यूम या डिओडरेंट का प्रयोग हर रोज करना चाहिए।
- अगर आपको ज्यादा परेशानी है तो आप डॉक्टर को दिखाकर इसका इलाज भी करवा सकते हैं।
- आपको हर रोज नहाना ही चाहिए, जरूरत पड़े तो एक से ज्यादा बार भी।
- आपको अपने परफ्यूम को लेकर बहुत ध्यान रखना चाहिए। वह इतना तेज न हो कि दूर से ही पता चल जाए कि आप आ रहे हैं।

10. चमचमाते सफेद दाँत

एक छोटी-सी चीज जिसको हम अक्सर नजरअंदाज कर देते हैं वह है चमचमाते हुए सफेद दाँत। इनके होने से आपकी मुस्कान में चार चाँद लग जाते हैं।

- आपको अपने दाँत हर रोज कम-से-कम दो बार साफ करने चाहिए।
- अगर आपको दाँत संबंधी कोई परेशानी है तो आप किसी अच्छे दंत चिकित्सक को दिखा सकते हैं। आजकल हर परेशानी का उपचार उपलब्ध है।
- साँस की दुर्गंध बिल्कुल भी नहीं होनी चाहिए। इसके लिए आप एक अच्छे माउथवाश का प्रयोग जरूर करें। यदि ज्यादा परेशानी हो तो आप डॉक्टर की सलाह ले सकते हैं।

11. साफ-सुथरा शरीर

- आपको हमेशा साफ और फ्रेश दिखना चाहिए।
- ऐसा तभी हो पाएगा जब आप ऊपर बताई बातों का ध्यान रखेंगे

और हर रोज उनका पालन करेंगे।

12. समझदारी से चुने हुए टैटू

टैटू का फैशन होने के कारण कई युवा इन्हें बनवाना चाहते हैं। लेकिन आपको ध्यान रखना है कि यह तभी करवाएँ जब आप सच में चाहते हों, न कि दूसरों की देखा-देखी।

- आप जो भी अपने शरीर पर बनवाने वाले हैं उसको ध्यान से चुनें, क्योंकि बाद में उसको हटवाना बहुत ही मुश्किल और महँगा पड़ता है।
- अपने शरीर पर ऐसा कुछ भी न बनवाएँ जिसको आप बाद में छिपाना चाहें।

ये सारी बातें हमारे बाहरी रूप पर असर डालती हैं। ये सब बहुत जरूरी हैं लेकिन केवल इनके बलबूते पर आप जीवन में खुश और सफल नहीं हो सकते। इनका पालन करने से आप सफल दिख तो सकते हैं लेकिन सच में सफल होने के लिए आपको अपने अंदरूनी रूप पर भी काम करना होगा। जब वह रूप भी लाजवाब होगा तभी आप जीवन में सफल हो पाएँगे। इसके लिए आपको अपनी कमियों पर काम करना होगा और अपने गुणों को और बढ़ाना होगा।

आपके व्यक्तिगत ब्रांड में ऐसे बहुत सारे गुण होने चाहिए जो दूसरों को भी आपके जैसा बनने के लिए प्रेरित करे। क्या आप नहीं चाहते कि एक दिन ऐसा हो?

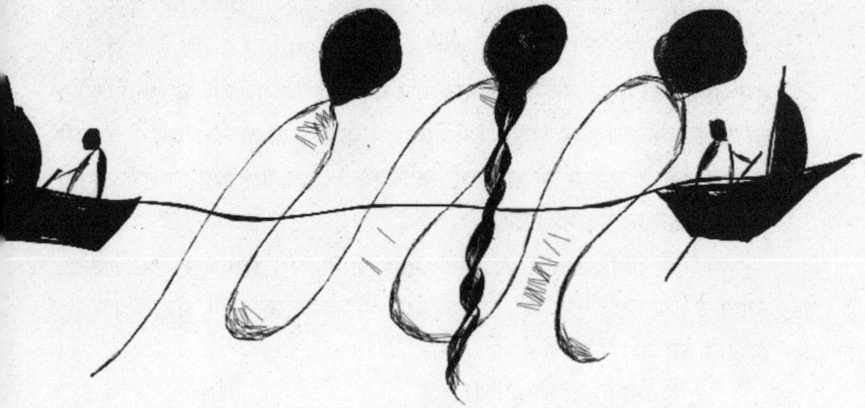

असफलता के डर से उबरें

जो असफल होने से डरता है वह अपने प्रयासों को कम कर देता है।
– हेनरी फोर्ड

असफलता का डर वह सबसे बड़ा कारण है जिसके चलते ज्यादातर लोग अपना जीवन खुलकर नहीं जी पाते। कई लेखक जिनकी किताब कभी छपी ही नहीं, कई कलाकार जो दुनिया ने देखे ही नहीं, कई बिजनेस जो शुरू ही नहीं हो पाए, कई खिलाड़ी जो कभी रिकॉर्ड नहीं तोड़ पाए, कई उत्पाद जो मार्केट में ही नहीं आ पाए, कई दोस्तियाँ जो शुरू ही नहीं हो पाईं, कई आइडिया जिन पर कभी काम नहीं हो पाया, और न जाने कितने ही ऐसे

अधूरे काम हैं जिनका कारण असफलता का डर होता है।

यह डर हम सबने कभी-न-कभी महसूस किया ही है। यह डर इतना बड़ा है कि हम अपने विचारों में ही कई तरह की परिस्थितियाँ, बातें और नतीजे सोच लेते हैं। यह सारी सोच हमारे हाथ-पाँव ठंडे कर देती है और हम आगे कदम ही नहीं बढ़ा पाते हैं। ये सभी विचार हमें कुछ भी छोटा या बड़ा शुरू करने से रोकते हैं। जब हम कुछ शुरू ही नहीं करेंगे तो उसे खत्म करने के बारे में तो सोच भी नहीं सकते। इस तरह यह डर हमें अपनी मंजिल तक पहुँचने नहीं देता।

यह डर हमारे वातावरण, हमारे माता-पिता और समाज से हमारे अंदर आता है। वे सारी बातें जो आप बचपन से कभी-न-कभी सुनते आए हैं, इस डर का कारण हैं।

''तुम्हें फेल नहीं होना है।''

''तुम हार नहीं सकते।''

''अगर तुम हार गए तो लोग क्या सोचेंगे?''

इस तरह की बातें हमेशा हमारे दिमाग में घूमती रहती हैं। अनजान लोगों की काल्पनिक बातें इस तरह हमारे दिमाग पर छा जाती हैं कि हम उनसे आगे कुछ सोच ही नहीं पाते।

हमारे सपने, इच्छाएँ और जुनून ही असल में हमारे पथ-प्रर्दशक होने चाहिए और हमारे सारे फैसले इन्हीं के अनुसार होने चाहिए। लेकिन तमाम काल्पनिक बातों में उलझे होने की वजह से हम केवल यही सोचते रह जाते हैं कि अपने आसपास के लोगों को खुश कैसे करें और उनके जैसे कैसे बनें।

यह सबकुछ तभी शुरू हो जाता है जब हम पैदा होते हैं। हमारे माता-पिता, एवं हमारे शिक्षक और जो भी हमारे आस-पास हैं, वे सब हमें यही सिखाते रहते हैं कि हमें एक खास तरह से बैठना है, एक खास तरह से बात करनी है, एक खास तरह से दिखना है, एक खास तरह से व्यवहार करना है, यहाँ तक कि हमें क्या पसंद होना चाहिए और क्या नहीं यह भी हमें बताया जाता है। उनके बताए तरीकों से अलग होने की अनुमति हमको नहीं दी

जाती है और यही समय है जब असफलता और नापसंद किए जाने के डर का बीज हमारे व्यक्तित्व में बो दिया जाता है।

मैं जैसा हूँ अगर वैसा ही दूसरों को पसंद नहीं आया तो? इस सवाल के जवाब में हमें सिखाया जाता है कि कैसे हम दूसरों के हिसाब से खुद को बदलें। हमें यह कोई नहीं सिखाता कि इन सारी बेकार की हिदायतों का जवाब असल में एक ही है, और वह है– ''भाड़ में जाओ''।

आप एक अनोखे इंसान हैं और आपके जैसा कोई नहीं, आप जैसे हैं वैसे ही बहुत खूबसूरत हैं। आपको किसी को बताने की जरूरत नहीं कि आप जो करते हैं वह क्यों करते हैं, यहाँ तक कि अपने माता-पिता को भी नहीं। मुझे यह बात बहुत ही अजीब लगती है कि किसी लिमिटेड एडिशन सामान के पीछे तो लोग भागते हैं, क्योंकि वह अनोखा है पर एक ऐसा इंसान जो दूसरों से अलग है उसे कोई पसंद नहीं करता।

समाज का यह दबाव हम पर इतना गहरा और ज्यादा है कि हमें खुद ही पता नहीं चलता कि किस तरह हम अपने छोटे-छोटे फैसले, जैसे की क्या पहनना है और क्या खाना है, तक दूसरों के हिसाब से लेते हैं।

किसी भी इंसान को किसी दूसरे इंसान की मानसिक एवं भौतिक जगह में घुसने की, उसे नुकसान पहुँचाने की या उसका अपमान करने की अनुमति नहीं होती है। जब तक आप किसी दूसरे इंसान के मौलिक अधिकारों का हनन नहीं कर रहे तब तक आप क्या कर रहे हैं इस बात से किसी को कोई फर्क नहीं पड़ना चाहिए।

दूसरे लोगों के प्रति मानवता का भाव रखना बहुत जरूरी है पर हम अपने जीवन में क्या करें और क्या नहीं इस बात की पूरी आजादी तो हमारी ही होनी चाहिए। यदि आपको अपने हर फैसले के लिए दूसरों से अनुमति लेनी पड़े तो साफ-सी बात है कि आपके पास कोई आजादी नहीं है। मेरे हिसाब से इस बात का कोई सामाजिक या व्यावहारिक कारण नहीं हो सकता, सिवाय इसके कि बचपन से हमें यही सिखाया गया है और हमने इसी को अपनी सच्चाई मान लिया है कि हमें समाज के हिसाब से ही चलना है।

हमारा इतिहास ऐसे लोगों के उदाहरणों से भरा पड़ा है जिन्होंने समाज के नियमों को नहीं माना, अपने दिल की बात सुनी और वही किया जो वो करना चाहते थे। उन लोगों ने दूसरों की बातों पर ध्यान नहीं दिया। उन्होंने इस बात की चिंता नहीं की कि वे असफल होंगे या उन्हें नापसंद किया जाएगा, वे बस अपना काम करते रहे। राइट बंधु, अल्बर्ट आइंस्टीन, थॉमस अल्वा एडिसन, महात्मा गांधी, बिल गेट्स, स्टीव जॉब्स, जैक मा, जे.के. रोलिंग, जिम कैरी और न जाने कितने ही ऐसे लोग हमारे सामने इस बात के उदाहरण रहे हैं।

दुनिया में जो भी लोग सफल हुए हैं उन्हें कई तरह के डर और चुनौतियों का सामना करना पड़ा है। अगर आप दुनिया को बदलना चाहते हैं तो आपको असफल और नापसंद होने के डर को अपने जीवन से खत्म करना होगा।

दुनिया को उन लोगों ने बदला है जो इतने पागल थे कि उन्हें लगता था कि वे दुनिया को बदल सकते हैं।

–स्टीव जॉब्स

चाहे आप कुछ बहुत बड़ा करने का ख्याल न रखते हों और केवल अपने परिवार के साथ सीधी–सादी, खुशियोंभरी जिंदगी गुजारना चाहते हों, तब भी आपको हर रोज असफल और नापसंद होने के डर का सामना करना ही पड़ेगा। नहीं तो आप एक ऐसे जीवन को जीते रहेंगे, जिसमें आप यही सोचते रहेंगे कि काश, मैं अपने सपने पूरे कर पाता तो आज मेरा जीवन बिल्कुल अलग होता। आप सोचते रहेंगे कि काश, आपने अपने सपने को पूरा करने की हिम्मत जुटाई होती।

यह सच है कि हर किसी को हर चीज अपनी पसंद से नहीं मिलती। हो सकता है कि कई फैसले आपको अपने करीबी लोगों के प्यार के कारण लेने पड़ें। पर यह एक ऐसी स्थिति है जो कभी–कभी ही हमारे सामने आती है।

फिर ऐसा क्यों होता है कि हम अपने जीवन के सारे छोटे-बड़े फैसले अपने आस-पास के लोगों के हिसाब से लेते हैं, न कि अपने दिल और दिमाग के हिसाब से? क्या आप जानते भी हैं कि आपका दिल और दिमाग क्या चाहता है? अगर आपके जीवन के बड़े-बड़े फैसले, जैसे कि आपका काम, आपकी शादी, स्वास्थ्य और धन का खर्च आदि असफलता के डर से बचने के वास्ते लिए जा रहे हैं तो यह एक चिंता का विषय है।

आपके लिए यह बात समझना बहुत जरूरी है कि आप वास्तव में क्या करना चाहते हैं। इससे आपके परिवार के अलावा किसी और को कोई फर्क नहीं पड़ता। कई बार तो आपके परिवार को भी ज्यादा फर्क नहीं पड़ रहा होता। जब हमारे आस-पास के लोग हमें बातें बताते हैं तो वे अपने जीवन के अनुभव, डर और असफलताओं के अनुसार बोल रहे होते हैं। पर आप इस धरती पर अपने अनुभव, अपने डर, अपनी असफलताओं और अपनी सफलताओं का अनुभव करने के लिए आए हैं। इसलिए अपने जीवन को दूसरे लोगों के मापदंडों से न मापें। अपनी खुशी के अपने मापदंड बनाएँ और चेक करें कि आपका जीवन उन मापदंडों पर खरा उतर रहा है या नहीं। और यदि नहीं तो सोचें कि उसको ठीक करने के लिए आपको क्या करना चाहिए।

आप और केवल आप ही इस बात का फैसला ले सकते हैं कि आपको क्या करना है। बिना किसी संकोच और डर के, ये सोचे बिना कि आपको इसका जवाब किसी और को देना होगा, अपने फैसले लें। आपको केवल एक इंसान को जवाब देना है और वह इंसान है, 'आप खुद'।

इसके बिल्कुल उलट एक और चीज जो इस समय आमतौर पर देखने को मिलती है, वह है 'विद्रोह'। आजकल के युवा विद्रोही होने को बहुत ही कूल समझते हैं। चाहे उन्हें विद्रोह का कारण भी न पता हो। ज्यादातर युवा कई काम केवल इसलिए करते हैं ताकि वे दूसरों की नजरों में कूल बने रहें और उनको लगता है कि अपने परिवार और समाज के विरुद्ध जाना बिल्कुल सही बात है, जबकि अपने माता-पिता की सलाह पर चलना बहुत ही बोरिंग है।

जब किसी युवा के सामने एक शानदार भविष्य होता है तो उसे अपनी छोटी-छोटी गलतियों के असर का अंदाजा नहीं होता। ये असर आने वाले सालों में सामने आता है पर तब तक इतना नुकसान हो चुका होता है, जिसकी भरपाई करना कई बार मुश्किल हो जाता है।

इस परिस्थिति को 'लक्ष्य' नाम की बॉलीवुड मूवी में बहुत सही ढंग से दिखाया गया है। जब प्रीति जिंटा, ऋतिक रोशक से कहती हैं कि "अगर तुम अपने माता-पिता के विरुद्ध केवल इसलिए जाना चाहते हो, क्योंकि इससे तुम्हें अच्छा लगेगा तो ऐसा मत करो। लेकिन अगर तुम ऐसा इसलिए करना चाहते हो, क्योंकि सच में तुम्हारी यही इच्छा है तो तुम्हें ऐसा जरूर करना चाहिए। बाद में तुम्हारे माता-पिता समझ ही जाएँगे।"

ये बात आपको पता है कि असफलता और नापसंद किए जाने के डर को हराकर ही आप अपने सपने पूरे कर पाएँगे। पर अब सवाल यह है कि आप ऐसा कैसे करेंगे?

यदि आपने खुद को दूसरों की स्वीकृति की चाह से मुक्त कर लिया और आप बिंदास होकर अपने दिल और दिमाग की सुनने लगे तो समझ लीजिए कि आधा काम तो हो गया। कई लोग पैदायशी ऐसे ही होते हैं। पर ज्यादातर लोगों के लिए ऐसा कर पाने का मतलब है- बहुत समय, हिम्मत और निरंतर प्रयास। पर ऐसा करना मुमकिन है। आपको खुद को मोटी चमड़ी का बनाना होगा, जिस पर दूसरों की बातों का ज्यादा असर न होता हो। अगर आपने निरंतर प्रयास से खुद को अपने दिल और दिमाग की सुनने वाला एक्सपर्ट बना लिया तो दुनिया में कोई भी आपको हरा नहीं सकता।

आप यही काम बहुत-सी गैरजरूरी और बेकार बातों के लिए करते हैं। उदाहरण के लिए, पहली बार सिगरेट पीना, पहली बार शराब पीना या ऐसा कोई भी दूसरा गलत काम करना।

इन सारे कामों को करना भी आपके लिए आसान नहीं था, क्योंकि इनके लिए भी आपने अपने मानसिक बंधन को तोड़ा होगा। आपने किसी तरह हिम्मत जुटाई होगी और तभी आप ये काम कर पाए होंगे। ऐसा करते समय आपके दोस्तों ने आपका बहुत उत्साह बढ़ाया होगा और आपकी मदद

की होगी। पर असल जिंदगी में आपको पता चलेगा कि ऐसे बहुत कम लोग होते हैं जो आपको आपके दिल और दिमाग की सुनने और अपने सपनों के पीछे भागने के लिए उत्साहित करते हैं। जो लोग भी आपको मिलते हैं, चाहे आपका परिवार हो या आपके दोस्त, वे आपको बहुत प्यार करते हैं और इसलिए वे आपको दुखी नहीं देखना चाहते। अपने सपनों के पीछे भागने में बहुत दुख और हताशा का सामना करना पड़ सकता है। इसलिए वे लोग आपको इस सारे दुख से बचाने का प्रयास करते हैं।

हमारे आस-पास के लोग एक टोकरी में भरे हुए केकड़ों की तरह हैं। कहानी कुछ इस तरह है कि बहुत समय पहले बहुत सारे केकड़े एक टोकरी में पड़े हुए थे। उनमें से किसी ने भी वहाँ से बाहर निकलने का प्रयास नहीं किया। एक दिन उनमें से किसी एक, जिसको हम 'हीरो' बुलाएँगे, ने सोचा कि इस टोकरी से बाहर निकलकर दुनिया को देखा जाए। दूसरे केकड़ों ने हीरो को सलाह दी कि वह ऐसा न करे, क्योंकि उन्हें हीरो की बहुत फिक्र थी। उन लोगों ने बहुत समझाया कि बाहरी दुनिया बहुत खतरनाक होती है, लेकिन हमारे हीरो ने उनकी एक न सुनी और उसने टोकरी से बाहर निकलने की ठान ली। वह टोकरी से निकलने का प्रयास करने लगा। जब भी वह ऐसा करते हुए आगे बढ़ता तो बाकी के केकड़े मिलकर उसके पैर नीचे की ओर खींचते और उसे वापस गिरा देते। हीरो लगातार प्रयास करता रहा और केकड़े उसे लगातार वापस खींचते रहे। आखिरकार केकड़े जीत गए और हीरो ने अपना सपना त्याग दिया। उसने टोकरी में ही रहने का फैसला लिया और फिर वे सब मिलकर खुशी-खुशी वहीं रहते रहे।

हम सबके साथ भी यही होता है। हमारे आस-पास के लोग, हमारे माता-पिता, दोस्त और रिश्तेदार अपनी जिंदगियों से संतुष्ट हैं और उसमें कोई बदलाव नहीं करना चाहते। जब भी आप उस जिंदगी से बाहर निकलने की कोशिश करते हैं और अपने सपने के पीछे भागना चाहते हैं तो ये सभी लोग आपको समझाने लगते हैं कि आपको ऐसा क्यों नहीं करना चाहिए, ऐसा करने में क्या-क्या बुरा हो सकता है और क्यों आपका फैसला गलत है। एक सुरक्षित रास्ता और सुरक्षित जीवन बेहतर माना जाता है, चाहे वह

कितना ही बोरिंग क्यों न हों।

सुरक्षित रास्ते पर चलने से हो सकता है कि आप दुख और हताशा से बच जाएँ और इसी तरह अपना जीवन बिता दें। लेकिन जब आप 70 वर्ष के होंगे तब आप अकेले बैठकर यह जरूर सोचेंगे कि अगर आपने अपने सपनों का पीछा किया होता और एक मुश्किल रास्ता, अपनी पसंद का लाइफ पार्टनर, अपनी पसंद का काम और अपनी पसंद की रहने की जगह चुनी होती, तो आपकी लाइफ आज कैसी होती। असल जिंदगी में हमारे पास ऐसी कोई टाइम मशीन नहीं होती, जिससे हम वापस युवा बन जाएँ और अपने जीवन के फैसले बदल सकें। आप किसी भी बुजुर्ग व्यक्ति से चर्चा करके यह बात कन्फर्म कर सकते हैं।

यह आपको अभी करना होगा। आपको अपना एवरेस्ट अभी चढ़ना होगा। अगर आपको जीवन में कोई ऐसा व्यक्ति मिलता है जो आपको अपने सपने का पीछा करने के लिए उत्साहित करता है और विश्वास दिलाता है कि अगर आप गिरेंगे तो वह आपको थाम लेगा, तो ऐसे इंसान को कभी न छोड़े। यही वह इंसान है जो आपका तब सहारा बनेगा, जब आप डूब रहे होंगे। लेकिन अगर आपको जीवन में कोई ऐसा व्यक्ति न भी मिला तब भी आपको खुद अकेले अपने रास्ते पर बढ़ने के लिए हिम्मत जुटानी होगी। चाहे इसका अंजाम कुछ भी हो।

आपकी लाइफ एक बॉक्सिंग मैच की तरह है। आपकी टीम के लोग केवल आपको जोश दिला सकते हैं और कभी-कभार आपके कॉर्नर में आपके पास आ सकते हैं लेकिन अपनी लड़ाई आपको खुद लड़नी होगी। आपको सारे मुक्के खुद झेलने होंगे। चाहे आप कितनी ही बार लहू-लुहान होकर गिर पड़ें, आपको खुद दुबारा उठने का फैसला लेना होगा और तब तक लड़ना होगा, जब तक कि आप जीत न जाएँ।

स्व-अनुशासित बनें

स्व-अनुशासित होने का मतलब है, वह करना जो आपको करना चाहिए और उस समय करना जब आपको वह करना चाहिए, चाहे आपका ऐसा करने का मन हो या नहीं।

अनुशासन दुनिया में सफल होने की पहली शर्त है, चाहे आप कुछ भी कर रहे हों और कहीं भी हों। आपको कोई ऐसा सफल विद्यार्थी, खिलाड़ी या बिजनैसमेन नहीं मिलेगा, जो अनुशासित न हो। मुझे तो कई बार लगता है कि जीवन में सफलता और असफलता का सबसे बड़ा कारण अनुशासन में होना या न होना ही है।

यह एक ऐसी अकेली खूबी है जो आपको मुश्किल से मुश्किल स्थिति से बाहर निकाल सकती है और इसकी कमी आपकी असफलता का कारण बन सकती है, चाहे आप कितने ही कुशल क्यों न हों। नीचे दिए कुछ उदाहरणों पर ध्यान दीजिए-

कल्पना कीजिए कि आप एक बहुत कुशाग्र बुद्धि वाले छात्र हैं और आप किसी भी परीक्षा को पास कर सकते हैं। क्या आपको लगता है कि आप हर रोज लगन से पढ़ाई किए बिना अपनी पसंद की टॉप यूनिवर्सिटी में दाखिला पा सकते हैं? क्या आपको लगता है कि हर रोज मेहनत करना आसान काम है? आजकल जिस तरह के ललचाने वाले गैजेट्स आपके आस-पास हैं, लंबे समय तक पूरा ध्यान लगाकर पढ़ाई करना बहुत मुश्किल काम है। यह वही इंसान कर सकता है जो स्व-अनुशासित हो। सुबह जल्दी उठना, रात देर तक न जगना, मजेदार पार्टियों में न जाना, सोशल मीडिया पर ध्यान न देना, टीवी न देखना, जब आपके दोस्त क्लब में मजे कर रहे हों तब घर बैठकर पढ़ाई करना, नेगेटिव लोगों की बातों पर ध्यान न देकर अपने काम पर लगे रहना- यह सब बहुत मुश्किल है। केवल एक स्व-अनुशासित विद्‌यार्थी ही ये सब कर सकता है। आपके माता-पिता, आपके शिक्षक या कोई भी और आपको हर रोज इतनी मेहनत करने के लिए मजबूर नहीं कर सकते। केवल आप ही स्व-अनुशासित रहकर, पूरे उत्साह के साथ ये सारे काम कर सकते हैं।

कल्पना कीजिए कि आप एक खिलाड़ी हैं। सुबह जल्दी उठना, हेल्दी खाना खाना, बहुत मन करने पर भी आइसक्रीम, मिठाई आदि न खाना, मानसिक तौर पर पॉजिटिव व मजबूत बने रहना, दोस्तों के साथ न घूम पाना, छुट्टियों में भी ट्रेनिंग करना और तब पसीना बहाना जब आपके साथ के लोग मजे कर रहे हों, यह कोई आसान काम नहीं। एक ऐसे लक्ष्य के लिए काम करना जो अभी बहुत दूर है, जिसके लिए आपको अभी कोई इनाम नहीं मिलने वाला, जिसमें आपका परिवार भी शायद आपके साथ न हो और जिस लक्ष्य के पुरस्कार का कुछ भरोसा भी न हो, बहुत कठिन है। क्या बिना स्व-अनुशासित हुए कोई इंसान हर रोज इतनी मेहनत कर सकता

है ? मुझे तो नहीं लगता।

कल्पना कीजिए कि आपने एक बिजनेस शुरू किया है, जिसके लिए आप 24म7 मेहनत कर रहे हैं, अपने साथियों को उत्साहित कर रहे हैं, उनको तब पॉजिटिव रहने को कह रहे हैं, जब आपको खुद ही भविष्य का कोई भरोसा नहीं, परिवार और अनेक उत्सवों को नजरअंदाज कर रहे हैं, छुट्टी और त्योहारों में भी काम कर रहे हैं, निरंतर टारगेट्स की चिंता कर रहे हैं, अपने स्वास्थ्य को दाँव पर लगाकर, अपने आस-पास के नेगेटिव लोगों से बचते हुए अपने दिल में यह विश्वास लिए चल रहे हैं कि एक दिन आप इस बिजनेस को नई ऊँचाइयों तक ले जाएँगे। क्या आपको लगता है कि एक ऐसा इंसान जो स्व-अनुशासित न हो, इतना सबकुछ कर सकता है ? मुझे तो नहीं लगता।

अगर आप अपने आस-पास के सफल और असफल लोगों को ध्यान से देखें तो आप यह देख पाएँगे कि कई ऐसे लोग जिनमें बहुत टैलेंट था और जिनका भविष्य बहुत उ''वल लगता था, अपने जीवन में ज्यादा कुछ न कर सके। जबकि एक इंसान जो साधारण था, वह अपने अनुशासन के बलबूते पर बहुत कुछ कर गया। स्व-अनुशासन ही एक गुण है, जो बातें बनाने वालों और अपने सपने सच करने वालों में अंतर दिखाता है।

जो लोग जीवन में असफल होते हैं, वे दूसरों को बताते हैं कि वह कुछ भी नहीं कर सकते थे। उनके हालात इस तरह के थे कि उन्हें हार माननी ही पड़ी। अपनी असफलता के लिए वे दूसरों को दोष देते हैं पर सच्चाई यह है कि अगर उन्होंने वह सब किया होता जो सफल होने के लिए जरूरी होता है, तो वह जरूर सफल होते। इसके लिए उन्हें बहुत कड़े अनुशासन की जरूरत पड़ती।

क्या आप जानते हैं कि बाहरी मोटिवेशन ज्यादा लंबे समय तक नहीं टिकता ? आपने किताब पढ़ी, किसी सफल व्यक्ति से मिले या कोई वीडियो देखा तो आपको बहुत जोश चढ़ता है कि आप भी बहुत कुछ कर सकते हैं पर यह कितने समय तक चल पाता है ? कुछ घंटे या ज्यादा-से-ज्यादा कुछ दिन। मोटिवेशन ज्यादा समय तक नहीं चलता, आपको इसको बार-बार

लेना पड़ता है। पर हम ये अक्सर भूल जाते हैं। यदि आप एक बार स्व-अनुशासित होना सीख जाएँ, तो ये जीवनभर आपके काम आता है। एक छोटी-सी सफलता तो आपके टैलेंट के कारण मिल सकती है पर एक लंबा सफल करियर बिना स्व-अनुशासन के संभव नहीं।

आपको खुद को उत्साहित करने का कोई मौका नहीं छोड़ना चाहिए। एक किताब, एक इंसान या एक वीडियो आपको पहला कदम बढ़ाने के लिए तो उत्साहित कर सकता है पर अपनी मंजिल तक पहुँचने के लिए आपको दिन के हर घंटे और हर मिनट खुद को अनुशासित करना होगा। हर सफलता की कहानी के पीछे यही राज छुपा होता है। अगर आप यह याद रखेंगे, तो आप हमेशा उत्साहित रह सकेंगे।

खुद को बेहतर बनाएँ

कुछ भी नया सीखना हमारे आत्मसम्मान के लिए एक झटका होता है। इसलिए छोटे बच्चे सबकुछ बहुत तेजी से सीखते हैं, क्योंकि वे यह सब नहीं जानते।

–थॉमस साज

हम अपने जीवन में जो सबसे बड़ी गलती कर सकते हैं, वो यह सोचना है कि हम परफेक्ट हैं और हमें कुछ भी नया सीखने या समझने की जरूरत नहीं। अगर आप ऐसा सोचते हैं तो आप केवल एक ही चीज को बचा पाएँगे और वह है आपकी ईगो। जिस रफ्तार से हमारे आस-पास की दुनिया बदल रही है, वह हमें यह एहसास दिलाने के लिए काफी होनी चाहिए कि यदि हम

समय के साथ नहीं बदले तो हम समय के साथ खत्म हो जाएँगे। हमारे पास इसके अलावा कोई दूसरा रास्ता नहीं कि हम हर मौके पर नई बातें सीखने और नए काम करने के लिए तैयार रहें। अपने आस-पास की चीजों और लोगों से हम जो कुछ भी सीख सकते हैं, वो हमें सीख लेना चाहिए। यहाँ पर यह याद रखना जरूरी है कि बर्फ पर कभी कुछ नहीं उगता। अच्छी चीजें सीखने और समझने के लिए जब आप तैयार होंगे तभी आप में लगातार सुधार हो पाएगा। यह बहुत दुखद है कि ज्यादातर लोग नई बातें सीखने और समझने के मौके खोते रहते हैं।

कई लोगों को तो इस बात का पता ही नहीं चलता कि हमारे आस-पास, व्यक्तिगत और काम के बारे में सीखने और समझने को बहुत कुछ है। आपने कई लोगों को लेटेस्ट फैशन ट्रेंड फॉलो करते हुए बहुत सारा समय और पैसा बर्बाद करते देखा होगा। इसमें कुछ गलत नहीं है लेकिन यह समझना जरूरी है कि अच्छा दिखना महत्वपूर्ण तो है किंतु आपका जीवन उस पर निर्भर नहीं करता। यदि आप खुद को समय के अनुसार ढालकर बेहतर नहीं बना पाए, तो यह आपके जीवन के लिए भी खतरा बन सकता है। इसलिए आपको इसे नजरअंदाज नहीं करना है, वरना यह दुनिया आपको नजरअंदाज करेगी। खुद को लगातार बेहतर बनाने के कुछ आसान तरीके जो मैंने अपनाए हैं, वे ये रहे-

1. बेहतर टेक्नोलॉजी का फायदा उठाएँ

आप बहुत ही खुशकिस्मत हैं कि आप ऐसे समय पर पैदा हुए हैं, जब हर तरह की जानकारी, सूचना, ट्रेनिंग इत्यादि आपको बटन के एक क्लिक पर उपलब्ध है। आपके पास जो ज्ञान का खजाना इस रूप में है, वह असीमित है। आप इस खजाने में से जब चाहें, जो चाहें ढूँढ़ सकते हैं। आपके हाथ में इंटरनेट समेत एक स्मार्टफोन है, जो आपके लिए ये सारे काम कर सकता है। लेकिन आप उसका उपयोग बेकार के कामों जैसे सेल्फी लेना, फेसबुक का उपयोग करना इत्यादि के लिए करते रहते हैं। यह सब बंद कीजिए।

अपने स्मार्टफोन का प्रयोग ऐसे रिसोर्सेज को ढूँढ़ने के लिए कीजिए जो आपको कुछ सीखने और बेहतर बनाने में मदद करें। अपनी कमजोरियों को पहचानिए और उन पर काम कीजिए। अपनी स्किल्स को बेहतर बनाइए और अपने व्यक्तित्व का विकास कीजिए। ऐसा करने से आप घर तथा ऑफिस दोनों जगह बेहतर तरीके से अपना काम कर पाएँगे। आप इंटरनेट पर इस तरह के काम करने के आसान तरीके खोज सकते हैं। इंटरनेट पर दुनियाभर के कई कोच, विशेषज्ञ और सलाह देने वाले लोग मौजूद हैं, जो आपकी हर परेशानी का हल लिए बैठे हैं। इनमें से कई लोग तो बिल्कुल मुफ्त में यह सारा काम कर रहे हैं। आप इस तरह के लोगों को इंटरनेट पर ढूँढ़ सकते हैं, जिन्होंने आप से मिलती-जुलती परेशानियों के निदान के लिए कई तरह के ग्रुप और फोरम बनाए हुए हैं। यहाँ पर आप ही के जैसे लोग मिल-जुलकर एक-दूसरे की परेशानी बाँटते हैं और मदद करने की कोशिश करते हैं। आपको केवल उन लोगों तक पहुँचना है। अगर आप इससे भी ज्यादा बेहतर बनना चाहते हैं, तो कई ऐसे ऑनलाइन प्रोग्राम उपलब्ध है, जिनमें आप पैसे खर्च कर कई नई चीजें सीख सकते हैं। ये लोग आपकी मदद करने के अलावा, आपसे फोन पर बात करने और लगातार आपसे जुड़े रहने के लिए भी उपलब्ध होते हैं।

2. खूब पढ़िए

कितावें पढ़ने वाला व्यक्ति मरने से पहले हजारों जिंदगियाँ जीता है। जो व्यक्ति पढ़ता नहीं वह केवल एक ही जिंदगी जी पाता है।

-जॉर्ज आर.पी. मार्टिन

दुनियाभर के ज्यादातर सफल लोग यह स्वीकार करते हैं कि वे बहुत सारी किताबें पढ़ते हैं। इनमें से ज्यादातर के लिए किताबें पढ़ना दिनचर्या का एक जरूरी हिस्सा है। किताबें पढ़ने से हमारी अपनी परख बेहतर होती है और हम कई चीजें सीखते हैं। इस आसान-से काम को करने पर आप दुनियाभर के ऐसे कई सफल लोगों के करीब पहुँच सकते हैं, जिनसे मिलने के बारे में आप अन्यथा सोच भी नहीं सकते। जब आप अच्छी किताबें

पढ़ते हैं तो आप उन सब विशेषज्ञों की दुनिया में पहुँच जाते हैं और उस दुनिया को करीब से देख पाते हैं। आप उनकी कठिनाइयों, सफलताओं और अनुभवों से बहुत कुछ सीख सकते हैं।

गाँव में बैठा एक छोटा-सा बच्चा किताबों की मदद से किसी महान लेखक के विचारों, एक सफल बिजनेसमैन की समझदारी, एक महान खिलाड़ी की लगन और किसी कलाकार की प्रेरणा तक आसानी से पहुँच सकता है।

कोई भी किताब पढ़ने से हमारे दिल और दिमाग की खिड़कियाँ खुलती हैं और हम नए विचारों और नई भावनाओं को अपने अंदर जगह देते हैं। किसी भी किताब को पढ़ना, अपनी दुनिया से अलग किसी नई दुनिया को जानने जैसा है। यह आत्मज्ञान की प्रक्रिया की नई शुरुआत की तरह होता है।

एक अच्छी किताब को लगातार, हर रोज पढ़ने का नियम बनाएँ। अपने दिन का एक ऐसा समय चुन लीजिए, जब आप किताब पढ़ने के मूड में होंगे। समय की अवधि भी आप अपने हिसाब से चुन सकते हैं। दस मिनट से शुरुआत कीजिए और धीरे-धीरे तीस मिनट या एक घंटे तक इस काम को कीजिए। आप अपनी पसंद से पेपरबैक, किंडल या ऑडियो बुक चुन सकते हैं। इस काम को करने के लिए आप अपनी पसंद की जगह का चुनाव कर सकते हैं। यह काम घर से काम के लिए जाते हुए हो सकता है, बस या कार से लौटते हुए, दिन में खाने के बाद अपनी टेबल पर या सोने से पहले अपने बेड पर भी हो सकता है।

आप जैसे चाहें वैसे पढ़ें, बस यह ध्यान रखें कि अच्छी किताबें पढ़ें, और फिर आप देखेंगे कि कैसे धीरे-धीरे आपका जीवन बिल्कुल बदल जाता है।

3. सेमिनार, कॉन्फ्रेंस, ट्रेनिंग इत्यादि में जाइए

हर क्षेत्र में नई टेक्नोलॉजी, रिसर्च इत्यादि के कारण बहुत बदलाव होता रहता है। आपको भी सेमिनार, कॉन्फ्रेंस और ट्रेनिंग इत्यादि में जाने

से इन बदलावों के बारे में लगातार नई जानकारियाँ मिलती रहती हैं। इन जानकारियों के होने से यह पता चलता है कि आप अपने काम के प्रति कितने जागरूक और समर्पित हैं। अगर आप ऐसा नहीं करेंगे तो आप अपने बॉस की उम्मीदों पर खरा नहीं उतर पाएँगे। जब ऑफिस में पदोन्नति का समय आएगा तो बॉस सबसे स्मार्ट व्यक्ति को चुनने की कोशिश करेगा। आपको इस बात का ध्यान रखना है कि वह स्मार्ट व्यक्ति आप ही हों।

4. अपने कंफर्ट जोन से बाहर निकलिए

क्या आपको याद है, बचपन में कैसे आप वो नया डांस या विदेशी भाषा सीखना चाहते थे? या आप शायद कोई वाद्‍ययंत्र बजाना सीखना चाहते थे? इसके अलावा हो सकता है कि आप पेंटिंग, स्विमिंग, ड्राइविंग, कंप्यूटर चलाना या ऐसा ही कोई नया काम सीखना चाहते हों। आप हमेशा सोचते रहते हैं कि एक न एक दिन आप यह काम जरूर सीखेंगे। पर वह एक दिन कभी नहीं आता। ऐसा इसलिए है, क्योंकि 'एक दिन' कैलेंडर में होता ही नहीं। कैलेंडर में सोमवार, मंगलवार, बुधवार, गुरुवार, शुक्रवार, शनिवार और रविवार होते हैं लेकिन 'एक दिन' कहीं नहीं होता। पर अच्छी खबर यह है कि कोई भी दिन आपके लिए 'एक दिन' बन सकता है, यदि आप चाहें तो।

आप अपने सपने को बहुत समय से टालते आए हैं, पर अब नहीं। 'एक दिन' का इंतजार मत कीजिए, जो भी करना है आज ही कर लीजिए। किसी भी अच्छे काम को करने का कोई खास 'सही समय' नहीं होता। जब भी आप उस काम को शुरू करते हैं, वही समय 'सही समय' बन जाता है।

जो कुछ भी आप सीखना चाहते थे, उसकी क्लास में आज ही अपना नाम लिखवाइए। जितना जल्दी हो सके, यह कर लीजिए। जरूरी नहीं कि यह चीज आपके करियर से जुड़ी हुई हो। जब आप कुछ भी नया सीखते हैं तो उससे आपके दिमाग पर बहुत अच्छा असर पड़ता है। इससे आपके साचने-समझने की शक्ति बढ़ती है और आप दुनिया को एक नई नजर से देख पाते हैं। रिसर्च ने यह साबित किया है कि कुछ भी नया सीखने से

आपके जीवन पर उसका पॉजिटिव असर पड़ता है, इससे आप बेहतर इंसान बनते हैं। जब आप कुछ नया सीखते हैं तो आप अपने दिमाग को यह संकेत देते हैं कि अभी उसे बहुत कुछ करना है और वह भी आज ही।

5. खुद में निवेश किजिए

स्वयं में और अपने विकास में निवेश कीजिए। आप ही अपने जीवन का सबसे बड़ा निवेश हैं। आखिरकार आप ही अपना उत्पाद, अपना रास्ता और अपनी मंजिल हैं।

आपको क्रिकेट, फुटबॉल या बैडमिंटन देखना बहुत पसंद है।

आपको फिल्में देखना भी बहुत पसंद है।

आप अपने पसंदीदा गायक को भी सुनना चाहते हैं।

और आप अपने पसंद के रेस्तराँ में खाना खाने जाना चाहते हैं।

जब आप ऊपर लिखे काम करते हैं तो आप असल में उन खिलाड़ियों, कलाकारों, गायकों और रेस्तराँ मालिकों में अपना पैसा लगा रहे होते हैं। इससे ही ये सारे ब्रांड इतने बड़े बनते हैं और फिर ये ब्रांड अपने काम और नाम के लिए बेहिसाब पैसा लेते हैं।

मेरा मतलब यह नहीं कि आप यह सब मत कीजिए या फिर ये ब्रांड कुछ गलत कर रहे हैं। लेकिन मैं यह कहना चाहती हूँ कि ये सब करके आप दूसरों पर अपना पैसा और समय लगा रहे हैं। लेकिन आपके स्वयं के ब्रांड का क्या? आप पर कौन पैसा लगा रहा है? यदि आप खुद पर पैसा और समय लगाने के लिए तैयार नहीं हैं तो फिर यह कौन करेगा? आपको लगता है कि महँगे कपड़े, जूते इत्यादि खरीदना ही खुद पर पैसा लगाना है। पर आप यह नहीं समझ रहे कि आपको अपना समय और पैसा अपना मूल्य और अपना कौशल बढ़ाने के लिए लगाना है।

आप अपना मूल्य और अपना कौशल तभी बढ़ा पाएँगे जब आप नए हुनर सीखेंगे, किसी विशेषज्ञ के पास सीखने जाएँगे या ऐसे कार्यक्रमों में शामिल होंगे। ऐसा करने से ही आप अपने परिवार, अपने संगठन, अपने समाज और अपने देश के लिए ज्यादा योगदान कर पाते हैं। लेकिन आप

क्या कर रहे हैं? आप तो केवल दूसरों का मूल्य बढ़ाने में लगे हुए हैं।

इस बात की आदत डालिए कि आप हर साल होने वाली कमाई का 10 प्रतिशत अपने मूल्य को बढ़ाने में निवेश करेंगे। उदाहरण के लिए, अगर आप हर साल 10 लाख रुपए कमाते हैं तो उसमें से कम-से-कम एक लाख रुपए आपको खुद को बेहतर बनाने में लगाने हैं। अगर आप हर महीने पाँच हजार रुपए कमाते हैं जो कि साल के 60 हजार रुपए होते हैं तो आपको हर साल छह हजार रुपए खुद में निवेश करने हैं।

रिसर्च के अनुसार, नौकरी के पहले साल में हर कर्मचारी ट्रेनिंग प्राप्त करता है परंतु ज्यादातर कर्मचारी इसके बाद कुछ भी नया नहीं सीखते। वो यह मान लेते हैं कि जो कुछ भी सीखने को था, अब वह सबकुछ सीख चुके हैं। फिर बाद में पदोन्नति न होने या सैलरी ज्यादा न बढ़ने पर वे सोचते हैं कि ऐसा हमारे साथ क्यों हुआ? ऐसे लोग संगठन में उच्च पदों तक भी नहीं जा पाते। जो शुरुआती ट्रेनिंग हम आरंभ में लेते हैं उसका फायदा तो हमें जल्द ही मिल जाता है, लेकिन यदि हम खुद को लगातार बेहतर करने पर काम न करें तो हम ज्यादा कुछ नया नहीं सीख पाएँगे। ऐसा बिल्कुल भी न करें। अपना मूल्य और कौशल बढ़ाने के लिए लगातार खुद में निवेश करते रहें, फिर अभी आप चाहे किसी भी पद पर काम करते हों। सीखना एक जीवनभर चलने वाला काम है।

6. अपनी भावनाओं को नियंत्रित रखें

अपनी भावनाओं को भी अपनी बुद्धि की ही तरह कुशल बनाना जरूरी है। यह जानना बहुत महत्वपूर्ण है कि आपको क्या महसूस करना है, कैसे व्यवहार करना है और जीवन को कैसे जीना है।

मेरे अनुभव के अनुसार, अपनी भावनाओं को नियंत्रण में रखना वह सबसे जरूरी गुण है, जिससे हमारे निजी और व्यावसायिक जीवन की खुशी निर्धारित होती है।

क्या आपको याद है जब पिछली बार आपको अपने दोस्त पर बहुत गुस्सा आया था? आपने कई दिन चिढ़ते हुए ही बिता दिए थे।

और उस बार का क्या जब आप एक मजेदार छुट्टी पर जाने वाले थे और इस कारण आप अपने काम पर ध्यान ही नहीं दे पा रहे थे?

इन दोनों ही उदाहरणों में आप अपनी भावनाओं को नियंत्रण में नहीं रख पाए। यह बहुत मुश्किल काम है।

सबसे पहले तो इसलिए, क्योंकि यह कौशल सिखाने के लिए न तो कोई वर्कशॉप होती है, न ही कोई ट्रेनिंग। ऐसे कुछ विशेषज्ञ जरूर हैं जो आपको सिखा सकते हैं कि आप कैसे अपनी भावनाओं को नजरअंदाज कर खुश रहें।

दूसरा इसलिए कि आप इस कौशल के साथ पैदा नहीं हुए हैं। आपके लालन-पालन और आपके घर-परिवार के लोगों का आप पर जो असर पड़ा, उससे ही आपने अपनी भावनाओं को समझना सीखा। उदाहरण के लिए, अगर आप ऐसे लोगों के आस-पास रहे हैं जो बात-बात पर गुस्सा हो जाते हैं, चिल्लाते हैं, हो-हल्ला करते हैं, बहुत जल्दी दुखी हो जाते हैं या अपना रोना रोते रहते हैं, तो बहुत संभावना है कि आप भी कुछ इसी तरह व्यवहार करते होंगे। अपने आस-पास के लोगों से सीखना और उनकी तरह बनना हमारी फितरत होती है।

आपके आस-पास के लोगों और परिस्थितियों का आप पर असर तो जरूर पड़ता है लेकिन आप इन परिस्थितियों में कैसा व्यवहार करेंगे, यह पूरी तरह आप पर निर्भर है। विशेषज्ञ केवल आपको कुछ करने या न करने की सलाह दे सकते हैं परंतु उस सलाह पर अमल करना और अपने जीवन को सुधारना केवल आपके अपने हाथों में है।

असल में, सच्चाई यह है कि अपनी भावनाओं को समझना और नियंत्रित करना सिर्फ और सिर्फ आपका काम है। ये बहुत जरूरी है कि आप अपनी भावनाओं को नियंत्रित करना सीखें। ये न केवल इसलिए जरूरी है कि आप अपने आस-पास के लोगों से अच्छे रिश्ते रख सकें, बल्कि इसलिए भी कि ऐसा करने पर ही आप सच में संतुष्ट, शांत और सुखी रह पाएँगे। जब आप किसी से गुस्सा या चिढ़े हुए होते हैं तो आपकी सारी पॉजिटिव ऊर्जा (एनर्जी) जैसे खत्म ही हो जाती है। आप कोई भी काम

ठीक से नहीं कर पाते। आप लगातार उसी घटना के बारे में सोचते रहते हैं, उस सारी बातचीत को बार-बार अपने दिमाग में दोहराते हैं, खुद को टॉर्चर करते हैं और यही सोचते रहते हैं कि यह सब क्यों हुआ। इतना ही नहीं, थोड़ी-थोड़ी देर में आप सोचते रहते हैं कि अब आपका अगला कदम क्या होगा, दुबारा मिलने पर आप उस इंसान से क्या कहेंगे और यदि ऐसा कुछ दुबारा हो तो आपका व्यवहार कैसा होगा?

एक छोटी-सी, अनावश्यक बात आपको कई दिनों तक परेशान कर सकती है और अगर भगवान न करें आप के साथ कुछ बुरा घट जाए, तो यह सिलसिला जीवनभर चल सकता है।

घटना चाहे छोटी हो या बड़ी, अगर आप अपनी भावनाओं को नियंत्रण में नहीं रख सके, तो इसका असर आपकी सुख-शांति, स्वास्थ्य, काम, परिवार और आस-पास के दूसरे लोगों पर भी पड़ेगा। इस सब में परेशानी की बात यह है कि हमको इन बातों का एहसास कई साल गुजर जाने के बाद ही होता है। तब हम सोचते हैं कि काश, हम सही समय पर अपनी भावनाओं को समझकर नियंत्रण में रख पाते।

आपके साथ हुई घटना चाहे कितनी ही दुखभरी क्यों न हो, उसके बाद अपनी भावनाओं को नियंत्रण में रखना और खुद को सँभालना आपके हाथ में है। और यह आपको अपने दिमाग की शांति के लिए करना ही होगा। भावनाओं को नियंत्रण में रखने का मतलब यह नहीं कि आप कुछ भी महसूस ही न करें और अपने आस-पास के लोगों से भावनात्मक रूप से दूर हो जाएँ। असल में, इसका मतलब तो बिल्कुल उल्टा है। भावनाओं को नियंत्रित रखना, मतलब उनको पूरी तरह से महसूस करना, उनको समझना और फिर समझदारी से काम लेना है।

इस समझदारी के अभाव में हम बिल्कुल एक रोबोट की तरह व्यवहार करते रहते हैं। जब भी हमारे साथ कोई घटना होती है या कोई हमारे बटन दबाता है तो हम जोश में आकर बिल्कुल एक ही तरह से व्यवहार करते रहते हैं। मेरी बात पर यूँ ही विश्वास न करें, एक मिनट रुककर जरा याद करें-

- आपके सबसे अच्छे दोस्त ने आपकी पीठ पीछे किसी से आपके

बारे में कुछ कहा, सुनकर आपको बहुत बुरा लगा। जब आपने यह बात अपने दोस्त से गुस्से में पूछी तो आप दोनों की लड़ाई हो गई और इसका नतीजा यह हुआ कि आप ने उसके साथ दोस्ती हमेशा के लिए खत्म कर दी।

- ऑफिस में आप बहुत मन लगाकर काम कर रहे थे और आपको उम्मीद थी कि जल्दी ही आपको प्रमोशन मिलेगा। परंतु आपके बॉस ने आपके बजाय किसी और को प्रमोट कर दिया। इसके बाद कई महीनों तक आप भुनभुनाते रहे और ठीक से काम भी नहीं कर पाए।
- आपके माता-पिता ने आपसे नौकरी करने और घर बसाने को कहा है लेकिन आपका मन अपने सपने पूरे करने का है और इसके लिए आप सारी दुनिया घूमकर फोटोग्राफी करना चाहते हैं। आपको खुद पर भरोसा भी है, क्योंकि किसी मशहूर फोटोग्राफर ने आपकी तारीफ की है। जब यह बात आपने माता-पिता के सामने रखी तो आप लोगों की बहस इतनी बढ़ गई कि आप उनसे कोई बात नहीं करना चाहते।
- एक रात आपके पति का मोबाइल फोन बैटरी खत्म होने की वजह से बंद हो गया और आप खाने पर उनका इंतजार करती रहीं। वे घर बहुत देर से आए तो आपने उनका स्वागत प्यार भरी चिंता के बजाय शक भरे गुस्से से किया।

ऊपर लिखी सभी घटनाओं में आपने बिल्कुल एक ही तरीके से व्यवहार किया। आप खुद तो बँधे-बँधाए तरीके से सोचते और व्यवहार करते रहे लेकिन साथ ही यह सोचते रहे कि दूसरे लोग आपके साथ इतना बुरा व्यवहार क्यों कर रहे हैं। यहाँ पर जरूरी सवाल यह है कि आपने अपने बँधे-बँधाए तरीके को समझने और इस सिस्टम को तोड़ने के लिए क्या किया?

मेरा यह मानना है कि यदि आप खुद को बेवकूफ बनाना छोड़ दें और यह न सोचें कि आप तो कुछ गलत कर ही नहीं सकते, तो आप अपने व्यवहार और बातचीत में इस तरह का सुधार ला सकते हैं कि आप हर बार

एक रोबोट की तरह एक जैसा व्यवहार न करें।

इस पूरी प्रक्रिया का **पहला कदम** यही समझना और मानना है कि हम ज्यादातर परिस्थितियों में (जैसे कि ऊपर उदाहरण दिए हुए हैं) अपेक्षित व्यवहार ही करते हैं। जैसे ही हम अपनी गलती मानते हैं तो हमारे पास अपनी उस गलती को सुधारने की शक्ति आ जाती है।

दूसरा कदम है इस बात को समझना कि इस तरह से अजीब व्यवहार करना किसी के हित में नहीं। आपको अकेले बैठकर नीचे लिखे सवालों के जवाब देने होंगे-

अपने भावुक व्यवहार के कारण आपको कैसा महसूस हुआ?
क्या इससे आपको कुछ मदद मिली? क्या इससे आप कुछ बेहतर कर पाए?
क्या ईमानदारी से आपको यह लगता है कि इस तरह की घटनाओं को आप बेहतर तरीके से भी निपटा सकते थे?

इनके संभावित जवाब-

- आपको इस तरह की हर घटना के बाद बहुत बुरा लगा होगा। आप भावनात्मक और शारीरिक रूप से बिल्कुल थक गए होंगे। आपको ऐसा लगा होगा कि जैसे किसी ने आपको पेट में बहुत तेज मुक्का मारा हो।
- इससे आपको या किसी और को कोई मदद नहीं मिली होगी। खुद दुखी होकर आपने अपने आपको परेशान किया होगा। जिस व्यक्ति पर आपने गुस्सा किया वह पूरे समय आपको अपना पक्ष समझाता रहा होगा और उसने अपनी गलती बिल्कुल भी नहीं मानी होगी।
- आप जानते हैं कि इस तरह की घटनाओं से निपटने का एक बेहतर तरीका है। अगर आप समझदारी और शांति से काम लें तो भविष्य में होने वाली इस तरह की घटनाओं से आप बच सकते हैं।

इस छोटे-से आत्मचिंतन के बाद आप समझ पाएँगे कि किसी घटना

के होने के बाद उस पर पछताने का कोई फायदा नहीं है, क्योंकि अब आप समय में वापस जाकर कोई चीज बदल नहीं सकते। बेहतर यही होगा कि आप उस घटना से सबक लें और आगे बढ़ें, बीती बातों को भूल जाएँ।

तीसरा कदम थोड़ा मुश्किल है। इसमें आपको खुद पर उँगली उठानी है और अपनी गलतियों की जिम्मेदारी लेनी है।

खुद पर दया करना जीवन में असफल होने का एक मुख्य कारण है। हमें इस बात का एहसास ही नहीं हो पाता कि हमारे जीवन में जो भी गलत हो रहा है, हम उसकी जिम्मेदारी किसी दूसरे पर ही डालते रहते हैं। कोई भी ऐसा इंसान जो असफल हुआ हो, जिसने नौकरी खोई हो, जो अपने सपने पूरे न कर पाया हो, बिजनेस में फेल हो गया हो या अपना रिश्ता न सँभाल पाया हो, इसी तरह की बातें करता है-

मैं प्रोजेक्ट इसलिए समय पर पूरा नहीं कर पाया, क्योंकि मेरी टीम ने...

मेरा बिजनेस फेल हो गया, क्योंकि मार्केट में...

मेरा सारा पैसा खत्म हो चुका है, क्योंकि मेरा पार्टनर...

मेरा तलाक होने वाला है, क्योंकि मेरा पति...

मैं अपनी सेहत का ध्यान नहीं रख पा रहा हूँ, क्योंकि मेरी नौकरी...

मैं ठीक से पढ़ाई नहीं कर पा रहा, क्योंकि मेरा परिवार...

मेरा अपनी गर्लफ्रेंड से झगड़ा हो गया, क्योंकि वह...

हमारे जीवन में जो भी बुरा होता है, उसके लिए कोई-न-कोई दूसरा व्यक्ति और कारण जिम्मेदार होता है। हर इंसान दूसरों के सामने अपनी इज्जत बचाना चाहता है। इस सबकी शुरुआत असफल होने पर एक बहाना बनाने से होती है। पर जब हम यही बात दूसरों को बार-बार बोलते हैं तो कहीं-न-कहीं इस पर विश्वास करने लगते हैं और इस तरह हम अपने दुख के लिए दूसरों को जिम्मेदार ठहराते हैं। यह जीवन में असफल और दुखी होने का आसान तरीका है। जब हम इस तरह बहाना बनाकर खुद को बेवकूफ बनाने लग जाते हैं तो यह हमारे अंत की शुरुआत होती है।

अगर आप किसी ऐसे इंसान से बात करें, जिसने अपने जीवन में

सफलता हासिल की है, काम या बिजनेस में नाम कमाया है, अपने सारे सपने पूरे किए हैं और अच्छे रिश्ते निभाए हैं तो उसकी बातें बिल्कुल अलग होंगी। वह अपने व्यवहार और गलतियों के लिए जिम्मेदारी लेता होगा और इस बात को समझता होगा कि उसे अपनी भावनाओं को नियंत्रण में कैसे रखना है।

हम सबके जीवन में परेशानियाँ आती हैं और आती ही रहेंगी। पर इन परेशानियों में हम अपनी भावनाओं और व्यवहार को कैसे सँभालते हैं, इससे ही हमारे व्यक्तित्व की पहचान होती है।

चौथा कदम इस समझदारी को विकसित करना है कि बुरी घटनाएँ या हादसे असल में हमारी परेशानी का कारण नहीं हैं। हमारी परेशानी का असली कारण इन घटनाओं में हमारा व्यवहार है।

यह समझदारी विकसित करना बहुत मुश्किल काम है, क्योंकि यह हम तब तक नहीं कर सकते, जब तक कि हम यह ठान न लें कि हम अपने जीवन का नियंत्रण केवल अपने हाथों में रखेंगे।

आपको बहुत ध्यान देकर खुद को बिल्कुल ऐसे ही चेक करना है जैसे आप दूसरे लोगों और उनकी गलतियों को करते हैं। अगर एक बार आपको इस आत्म-विश्लेषण की आदत पड़ जाएगी तो हर बात गलत व्यवहार करते हुए आपको शुरुआत में ही इस बात का एहसास हो जाएगा। यह एहसास होने पर आप खुद को रोक सकते हैं। आप उस जगह से कुछ समय के लिए हट जाएँ और तभी वापिस आएँ, जब आपकी भावनाएँ आपके नियंत्रण में हों।

पाँचवाँ और आखिरी कदम है उस घटना से बाहर निकलना और उसे एक बाहरी इंसान की नजर से देखना। अगर आप ऐसी घटना होते देखते तो आप उससे जुड़े लोगों को कैसे समझाते और शांत करते? जिस तरह से आप अपने दोस्तों को सही व्यवहार करना बताते हैं और शांत रहने को कहते हैं, ठीक उसी तरह आपको खुद को सुधारना है। और जब आप ऐसा करें तो अपनी बात मानें भी।

रोजमर्रा की छोटी-छोटी घटनाएँ जैसे कि दोस्तों, साथियों, परिजनों,

जीवनसाथी या बच्चों से बात करते हुए, जब भी आपको लगे कि आप उत्तेजित हो रहे हैं या चिढ़ रहे हैं तो आप खुद को शांत कर सकते हैं। आपको अपने आस-पास के ऐसे परेशान रहने वाले लोगों को देखकर परेशान नहीं होना है। यही एक सच्चे लीडर की पहचान होती है, चाहे वह घर में हो या ऑफिस में। लीडर वह होता है जो मुसीबत के समय दूसरों की तरह उत्तेजित होने के बजाय अपनी भावनाओं पर नियंत्रण रखता है।

7. अपनी ईगो को सँभालें

इंसानों को पैदा होते ही एक उपहार मिलता है, जिसे अभिमान (ईगो) कहते हैं। अभिमान (ईगो) का अकेला मकसद हमें यह बताना है कि हम अलग हैं- एक-दूसरे से और ईश्वर से भी।

-जैनेट लूई स्टीफेंसन

अभिमान (ईगो) एक इंसान के आत्मसम्मान और आत्म-महत्व को दर्शाता है। किसमें अभिमान नहीं होता? यह भगवान का दिया हुआ एक गुण है जो केवल इंसानों में ही होता है।

हर इंसान को अपने महत्व का अंदाजा होना ही चाहिए। हर इंसान के लिए यह समझना बहुत जरूरी है कि वह अनोखा है। हर इंसान के संसार में पैदा होने की संभावना बहुत ही कम होती है। रिसर्च के अनुसार, यह संभावना 4 ट्रिलियन में 1 है। यह वैज्ञानिक तथ्य तो सब जानते ही हैं कि आप अपनी तरह के एक अनोखे इंसान हैं, आपके जैसा न तो कोई कभी हुआ है और न होगा। आपका डीएनए, आपकी उँगलियों के निशान और आपका व्यक्तित्व बिल्कुल अनूठा है। यह कितना आश्चर्यजनक है!

जब आप इतने अलग हैं तो किसी दूसरे इंसान के साथ तुलना का तो सवाल ही पैदा नहीं होता। आपका व्यक्तित्व, आपकी पसंद या नापसंद, आपके सोचने का तरीका, आपके काम करने का तरीका और चीजों को लेकर आपकी सोच-समझ दूसरों से अलग तो होगी ही। क्या आपको नहीं लगता कि आप अपने आप में एक करिश्मा हैं? अगर आप एक करिश्मा हैं तो आप में आत्म-महत्व या अभिमान का भाव होना तो स्वभाविक ही है

न? अभिमान या ईगो शब्द को अक्सर नेगेटिव तरीके से समझा जाता है। जब हम किसी के लिए इस शब्द का प्रयोग करते हैं तो यह समझा जाता है कि अभिमानी व्यक्ति केवल अपने बारे में ही सोचता रहता है। आजकल हमें इस तरह के कई लोग मिलते भी हैं जिन्हें लगता है कि दुनिया में उनसे जरूरी इंसान कोई दूसरा नहीं और इसलिए दूसरों को उनके हिसाब से चलना चाहिए। वे खुद में इतना डूबे हुए होते हैं कि उन्हें दूसरों की परेशानियों और दिक्कतों का एहसास ही नहीं होता। इसलिए हमें लगता है कि अभिमान या ईगो एक गलत चीज है।

मेरी समझ के अनुसार आत्म-महत्व के रूप में अभिमान या ईगो अच्छी चीज है लेकिन तब तक ही, जब तक कि हम इस बात को समझें कि दूसरों में भी यही आत्म-महत्व या अभिमान का भाव होगा ही।

हमारे ब्रह्मांड का डायमीटर लगभग 10 अरब प्रकाशवर्ष माना जाता है। इसमें अनगिनत गैलेक्सियाँ हैं और इनमें से एक गैलेक्सी है मिल्की-वे। इस मिल्की-वे में करीब 100 अरब सोलर सिस्टम हैं। हमारा सोलर सिस्टम इन्हीं में से एक है। हमारी धरती इस सोलर सिस्टम का एक ग्रह है। हमारी धरती के जैसे करीब 40 अरब ग्रह मिल्की-वे में होंगे और इनमें से 11 अरब सूर्य के चारों तरफ हमारी धरती की तरह चक्कर काट रहे होंगे। सुनने में कितना अजीब लगता है न?

और अब कल्पना कीजिए कि साल 2018 तक धरती पर लगभग 8 अरब लोग रहते हैं। आप इन्हीं में से एक हैं। क्या आपको अंदाजा है कि पूरे सिस्टम में आप कितनी छोटी-सी कड़ी हैं और आपका जीवन लड़ने और चिढ़ने में बर्बाद करने के लिए कितना छोटा है! लेकिन फिर भी आप अपने गुस्से, नफरत और स्वार्थ में फँसे हुए हैं।

अगर आप इस धरती पर अपने जीवन का सदुपयोग करना चाहते हैं तो आपका पूरा ध्यान अपने, अपने परिवार, अपने समाज और इस दुनिया के लिए प्यार और सद्‌भावना पर होना चाहिए। जितनी जल्दी आप इस बात को समझ जाएँ, आपके लिए उतना ही अच्छा है।

यह सब तभी मुमकिन है जब आप खुद को प्यार करें और इस बात को

समझें कि आपका जीवन कितना कीमती है, आप कितने अनोखे व्यक्तित्व के मालिक हैं और आप इस दुनिया को जो दे सकते हैं वह भी आपकी तरह ही अनोखा है।

8. अपने जैसे बनें, दूसरों की तरह नहीं

अपने जैसे बनें, चाहे जो भी हो। कुछ आपको पसंद करेंगे और कुछ आपसे नफरत, पर क्या फर्क पड़ता है ? यह आपका जीवन है, इसको भरपूर जिएँ।

ये बहुत ही अजीब है कि हमें हर कोई, चाहे वह हमारे माता-पिता हों या हमारे शिक्षक, हमारे रिश्तेदार हों या मीडिया, यही सिखाने की कोशिश कर रहा है कि हमें दूसरों की तरह बनना है। लोगों को अपने जैसे लोगों के साथ ही अच्छा लगता है। आपके आस-पास के लोग चाहते हैं कि आप उनके जैसे ही हों, दूसरे आम लोगों की तरह ही, ताकि उन्हें आपको समझने के लिए ज्यादा दिमाग न लगाना पड़े।

यह जरूरी नहीं कि आप दूसरों से अलग हों। यह आपका अपना फैसला है। अलग तरह का होना आपका फैसला हो भी सकता है। वैसे भी, दूसरों की तरह बनना ज्यादा आसान है। जब आप अपने आस-पास के लोगों के जैसे ही होते हैं तो उनके साथ रहना आसान हो जाता है। लेकिन यदि दूसरे लोगों के साथ रहना और उनकी पसंद का बनना आपके लिए मुश्किल है, फिर भी आप यह करते जा रहे हैं तो आप खुद को बेवकूफ बना रहे हैं। कुछ लोग आपको पसंद करेंगे और कुछ नहीं। दूसरों को पसंद आने की जो आपकी ये तीव्र इच्छा है, आपको इससे मुक्त होना होगा। दूसरों से अलग होने की हिम्मत रखिए और खुद के जैसे बनिए।

ईर्ष्या भी एक बुरी आदत है, जिसकी वजह से हम अपनी असलियत को भूल जाते हैं। हम जब यह मान लेते हैं कि कोई दूसरा व्यक्ति हमसे बेहतर है तो हम उस इंसान की तरह दिखना चाहते हैं, बोलना चाहते हैं और बनना चाहते हैं। आपको पता ही नहीं चलता कि आप उस दूसरे इंसान की तरह सोचने और व्यवहार करने लगे हैं। ऐसा करते हुए आप उस इंसान का

घटिया प्रतिबिंब बनकर रह जाते हैं। इससे बुरा कुछ नहीं हो सकता।

हमेशा अपना सबसे अच्छा रूप बनने की कोशिश कीजिए, न कि दूसरे का घटिया प्रतिबिंब।

–जूडी गारलैंड

जब आप खुद को पहचानेंगे तभी आप खूबसूरत लगेंगे। यदि कोई और दिखने में सुंदर है तो इसका मतलब यह नहीं कि आप नहीं हैं। यदि कोई दूसरा व्यक्ति स्मार्ट है तो इसका मतलब यह नहीं कि आप स्मार्ट नहीं हैं। दुनियाभर में कई लोग एक साथ अच्छे होते हैं। एक का अच्छा होना, दूसरे का बुरा होना नहीं दर्शाता। हम सभी में ऐसे गुण होते हैं जो किसी दूसरे इंसान से मिलते-जुलते हो सकते हैं और कुछ ऐसे गुण भी जो दूसरों से अलग होते हैं। हमें बस यह ध्यान रखना है कि हम अपने आप में एक अनोखा पैकेज हैं।

आपको यह विश्वास रखना ही होगा कि संसार में असीमित दौलत, सुंदरता, स्वास्थ्य, बुद्धिमत्ता, सफलता और सुख-शांति है। यदि इसमें से किसी एक को कुछ मिलता है तो उसका अर्थ है कि उसे अपना हक ही मिला है। जो आपके हिस्से का है वो अलग ही सुरक्षित है। किसी दूसरे को कुछ मिलने से आपका हिस्सा कम नहीं हो जाएगा। आपका हिस्सा सही समय आने पर आपको ही मिलेगा, लेकिन उसके लिए प्रयास भी आपको ही करने होंगे।

उदाहरण के लिए, बॉलीवुड की दो मशहूर अभिनेत्रियाँ हैं, दीपिका पादुकोण और प्रियंका चोपड़ा। दोनों ही सुंदर, स्मार्ट और आकर्षक हैं। लेकिन उनमें से बेहतर कौन है? चलिए मान लेते हैं कि आपका जवाब है, दीपिका। हो सकता है कि आप उसे प्रियंका से ज्यादा पसंद करते हों। लेकिन क्या इसका मतलब है कि प्रियंका अच्छी नहीं है? इसके विपरित, अगर आपका जवाब प्रियंका होता तो क्या उसका मतलब होता कि दीपिका अच्छी नहीं है?

कुछ लोगों को दीपिका पसंद है और कुछ लोगों को प्रियंका। कुछ लोग ऐसे भी होंगे जिनको ये दोनों ही बहुत पसंद होंगी (जैसे कि मैं) और कुछ लोग ऐसे भी जरूर होंगे जिनको ये दोनों ही पसंद नहीं होंगी। क्या आप किसी इंसान की पसंद या नापसंद पर उससे बहस कर सकते हैं?

तो फिर आखिरी फैसला क्या हुआ? दोनों में से कौन बेहतर है? इसका कोई एक जवाब नहीं हो सकता। जवाब केवल यही है कि दोनों ही बहुत अच्छी अदाकारा हैं पर दोनों अलग हैं और इनके फैंस भी।

इसी तरह आपके जीवन में कुछ लोग आपको बहुत प्यार करते हैं, कुछ आपको पसंद करते हैं, कुछ आपको नापसंद करते हैं और कुछ आपसे नफरत भी करते होंगे, चाहे इसका कोई कारण हो या न हो। इससे क्या होता है? क्या आपको जो भी लोग मिलते हैं, आप उन सभी को पसंद करते हैं? हर किसी को अपनी पसंद या नापसंद जताने का अधिकार है। आप किसी को पसंद या नापसंद करने के लिए मजबूर नहीं कर सकते।

अपने बारे में सोचिए, अपने सोचने के तरीके को ध्यान से परखिए और उसे समझने की कोशिश कीजिए। खुद को जानना जरूरी है, क्योंकि यही आपको दूसरों से अलग और अनोखा बनाता है। जब आप अपने सोचने के तरीके को समझते हैं तो आपकी सोच में एक फोकस आ जाता है और आप जीवन में सही फैसले ले पाते हैं। जब आपका दिमाग फोकस्ड होगा तो इस बात की संभावना ज्यादा होगी है कि आप सँभले रहेंगे और जान पाएँगे कि आप क्या और क्यों कर रहे हैं।

जीवन में आपको बहुत सारे ऐसे लोग मिलेंगे जो आपको बताएँगे कि आप यह नहीं कर सकते, आप जो भी करना चाहते हैं वो तो हो ही नहीं सकता, आप बहुत बड़ी बेवकूफी कर रहे हैं, आप कभी सफल नहीं हो पाएँगे, इत्यादि। दूसरे लोग हमेशा आप पर उँगली उठाते रहेंगे, आपको इन लोगों पर ध्यान नहीं देना है। मैंने ऐसे लोगों को नाम दिया है 'नेगेटिव योद्धा'। ये लोग दूसरों को हतोत्साहित करने के मिशन पर लगे रहते हैं। ये दूसरों को उनकी कमियों का एहसास कराते हैं और उन्हें हार मानने के लिए उकसाते हैं। आपको खुद से यह वादा करना होगा कि आप इन नेगेटिव

योद्धाओं का शिकार नहीं बनेंगे। ये लोग अपने डर, आशंकाएँ, हताशा और असफलताएँ दूसरों पर थोपने की कोशिश करते हैं। इनको लगता है कि ये अपने जीवन में कुछ बड़ा नहीं कर पाए, इसलिए किसी दूसरे को भी नहीं करना चाहिए।

ऐसे सभी नेगेटिव योद्धाओं से आपको 10 मीटर की दूरी पर रहना चाहिए। चाहे वे आपके माता-पिता हों, आपके करीबी दोस्त, आपका कोई रिश्तेदार, सोशल मीडिया पर आपका कोई जाननेवाला या कोई भी अन्य व्यक्ति। अपने बड़े-बड़े सपने अपने तक ही रखिए और उन पर काम करते रहिए। बस, यह ध्यान रखिए कि आप खुद एक नेगेटिव योद्धा बनकर दूसरों तक नेगेटिविटी न पहुँचाने लगें। खुद खुश रहें और दूसरों को भी रहने दें।

आप जो खुद हो और दूसरे जो कहते हैं कि आप हो, इन दोनों में आपको कन्फ्यूज नहीं होना है।

–ओपरा विन्फ्रे

9. जिम्मेदारी लें

आप कई बार असफल होते हैं, लेकिन आप तब तक असफल नहीं हैं, जब तक आप किसी दूसरे को दोष नहीं देने लगते।

–बम फिलिप्स

अपने शब्दों और कार्यों के लिए सिर्फ आप ही जिम्मेदार हैं। इसलिए अपनी गलती का दोष किसी और पर डालने के लिए बलि का बकरा मत ढूँढ़िए। आपने जो कुछ भी गलत किया है उसकी जिम्मेदारी लीजिए और जो काम आप नहीं कर पाए उसकी भी।

हर इंसान गलतियाँ करता है। जरूरी बात यह है कि गलतियों को दोहराया न जाए। आपकी पिछली गलतियों ने आपको जो सबक सिखाए हैं, उनको याद रखिए और बाकी बातें भूलकर आगे बढ़ जाइए। यह गुण आपके चरित्र के बारे में बहुत कुछ बताता है और आप पर सच्चाई की एक

मुहर लगाता है।

आप जो कुछ भी आज हैं, यदि उसके लिए किसी दूसरे को दोष देते रहेंगे तो आप कभी भी वो नहीं बन पाएँगे जो आप बनना चाहते हैं। खुद को पहचानिए, अपनी तरह के बनिए, अपनी रफ्तार पर चलिए, अपनी गलतियों को मानिए, सीखिए और आगे बढ़ते रहिए।

हमारे जीवन में कोई भी बात गलत नहीं होती है। जो भी घटनाएँ हमारे साथ होती हैं, चाहे वे कितनी भी बुरी क्यों न हों, वे हमें सभी जरूरी सबक देने के लिए घटती हैं। जो भी कदम हम बढ़ाते हैं वे हमें उस जगह पहुँचाने के लिए जरूरी होते हैं, जहाँ हमें जाना है।

10. अपने अकेलेपन का मजा लीजिए

अकेले समय बिताना बहुत अच्छी आदत है। आपको किसी दूसरे के आस–पास रहे बिना अपने साथ अकेले समय बिताना आना चाहिए।

–ऑस्कर वाइल्ड

आजकल के समय में हर इंसान एक भीड़ का हिस्सा बनना चाहता है, जहाँ वह अपने जैसे लोगों के साथ समय बिताए। इसलिए ज्यादातर लोग पार्टीज में जाना, दूसरों के साथ रहना या फिर चौबीसों घंटे सोशल मीडिया में रहना पसंद करते हैं। यह प्रचलन इतना ज्यादा हो गया है कि इसको एक नाम भी दिया गया है। इसे फोमो (FOMO) कहा जाता है, जिसका अर्थ है कुछ छूट जाने का डर (Fear Of Missing Out)। यह डर हमारे अंदर बेचैनी और घबराहट पैदा करता है, जिससे नींद की कमी, बहुत ज्यादा खाना खाना, बहुत शराब पीना या बहुत स्ट्रेस हो जाता है।

आपको यह समझने की जरूरत है कि जिसे हम बाहरी दुनिया के साथ कनेक्शन समझ रहे हैं, वह असल में हमारे अंदर एक परेशानी पैदा कर रहा है। अगर आप यूँ ही करते रहे तो आप खुलकर अपना काम नहीं कर पाएँगे। इसलिए सभी सफल लोग अकेले बिताए जाने वाले समय को बहुत ही जरूरी और पवित्र मानते हैं।

जब आप अकेले, अपने फोन और कंप्यूटर से दूर एक कमाल के

इंसान के साथ समय बिताएँगे तो कई बेहतरीन काम कर पाएँगे। और वह कमाल का इंसान है, आप खुद। जब आप अकेले में खुद से बात करेंगे तो आप खुद के बारे में कुछ जरूरी बातें जान पाएँगे, जैसे कि-

आप जीवन में क्या पाना चाहते हैं?
आप अपने लक्ष्य को कैसे प्राप्त कर सकते हैं?
आपके जीवन में वे लोग कौन हैं जो आपका साथ हमेशा देंगे?
क्या आप अपने जीवन में सही दिशा में जा रहे हैं, इत्यादि।

जब आप इस तरह खुद को रोज समय देंगे तो आपके जीवन में फोकस बढ़ेगा। दूसरे आपको क्या कहते हैं, इसका असर कम हो जाएगा। धीरे-धीरे आप अपना साथ पसंद करने लगेंगे। ऐसा करने से आपकी दूसरों पर भावनात्मक निर्भरता कम होगी और यह आदत आज की बदलती दुनिया में आपके बहुत काम आएगी।

11. मेहनत करें

हमारे जीवन में मौके मेहनत की शक्ल में आते हैं, इसलिए ज्यादातर लोग उन्हें पहचान नहीं पाते।

-एन लैंडर्स

इस दुनिया में मेहनत की जगह कोई नहीं ले सकता। हर सफल इंसान आपको यही बात बताएगा। आप ऐसा कोई इंसान नहीं ढूँढ़ सकते जो आपको यह बता सके कि उसने सफलता बड़ी आसानी से प्राप्त कर ली। हर सफल इंसान आपको अपनी मेहनत, लगन, हार, हताशा और कई बार निराश होने की कहानी सुनाएगा। ऐसा करते-करते ही एक दिन वह सफल हो पाया होगा। टीवी पर देखने पर हमें कई बार सफलता का सफर एक जादुई कहानी की तरह लगता है, पर ऐसा होता नहीं है। असल में, वह कहानी होती है एक ऐसे कछुए की जो रेस इसलिए जीत पाया, क्योंकि वह

लगातार बिना थके चलता रहा।

अपने जीवन को इस तरह न जिएँ जैसे कि किसी नाटक की ड्रेस रिहर्सल चल रही हो। यह सोचकर खुद को बेवकूफ न बनाएँ कि एक दिन आप मेहनत करना शुरू कर देंगे। आपके पास केवल एक ही जीवन है और वह अभी चल रहा है। मेहनत करें और अपने सपनों को सच बनाएँ। जब आप पीछे बताए हुए सिद्धांतों का पालन करेंगे तो मेहनत करना आपके लिए सहज हो जाएगा। लेकिन दुख की बात यह है कि ज्यादातर लोग बिना मेहनत के फल पाना चाहते हैं, जो कि बिल्कुल भी मुमकिन नहीं है। नीचे कुछ विचार लिखे हैं, जिनके साथ मैं अपना दिन शुरू करती हूँ।

आप अपने जीवन में ज्यादा कुछ नहीं कर पाएँगे, यदि आप केवल उसी दिन काम करेंगे, जिस दिन आप अच्छा महसूस कर रहे हों।

–जैरी वैस्ट

उन परिणामों के लिए दुखी न हों, जो आपको इसलिए नहीं मिले, क्योंकि आपने उनके लिए काम ही नहीं किया।

12. दूसरों से अच्छा व्यवहार करें और उनके काम आएँ

हमारे जीवन का मुख्य काम है दूसरों की मदद करना। अगर आप उनकी मदद नहीं कर सकते तो उन्हें दुख भी न पहुँचाएँ।

–दलाई लामा

आपने जरूर इस बात पर ध्यान दिया होगा कि कैसे लोग अमीर और प्रभावशाली लोगों के साथ बहुत अच्छा व्यवहार करते हैं। यह तो हर कोई कर सकता है, परंतु आपके चरित्र की असली पहचान इस बात से होती है कि आप अपने से कमजोर लोगों से किस तरह से व्यवहार करते हैं, वे लोग जो आपके कोई काम नहीं आ सकते। दूसरों से अच्छा व्यवहार करना बहुत

आसान है और इसमें आपका कोई खर्च नहीं होगा। ऐसा तो बिल्कुल भी नहीं है कि आपको बुरा व्यवहार करते रहने पर कोई इनाम मिलने वाला है। तो फिर क्यों न अपना व्यवहार सबके साथ अच्छा ही रखा जाए!

यदि आपका किसी के साथ कोई बुरा अनुभव भी रहा है, तब भी कोशिश कीजिए कि आपका व्यवहार उसके साथ अच्छा ही रहे। मानवता के लिए ही सही, उसके साथ अच्छा व्यवहार करें। हो सकता है कि किसी दिन आपको इसका कोई अच्छा फायदा मिल जाए और अगर ऐसा न भी हो, तो कम-से-कम लोग इस बात की तो कद्र करेंगे कि आपने उनके साथ अच्छा व्यवहार किया।

जब भी हो सके, दूसरों की मदद करने की कोशिश कीजिए। इस बात का इंतजार मत कीजिए कि वे आपसे मदद माँगें। जब आप कुछ समय इस बात का ध्यान रखेंगे तो धीरे-धीरे आपको इसकी आदत पड़ जाएगी। किसको ऐसा इंसान पसंद नहीं, जो उससे अच्छा व्यवहार करे और उसकी मदद करे? यह आपको नेटवर्किंग में भी मदद करेगा और सबसे जरूरी बात, आप जैसा करेंगे, वैसा ही भरेंगे। यही कर्म का सिद्धांत है।

13. पुरानी बातों को भूल जाएँ

आप एक समय पर केवल एक ही जगह पर हो सकते हैं और वो जगह है- 'मौजूदा पल'। आप अपने भूतकाल में नहीं रह सकते और न ही भविष्य में। यह एक सीधी-सी बात है, लेकिन इसको समझना हर किसी के बस की बात नहीं।

आपके साथ पहले जो भी हुआ है, आप उसे बदल नहीं सकते। इसलिए उसके बारे में परेशान होने या बार-बार सोचने से कुछ नहीं होने वाला। उन घटनाओं से सबक लें और आगे बढ़ें।

हमारा भविष्य अभी आया नहीं है और आप वहाँ जा नहीं सकते, तो दिनभर बैठकर उसके बारे में सोचते-सोचते अपना आज क्यों बर्बाद करें? होना यूँ चाहिए कि आपके सपने और आपका भविष्य आपको आज काम करने के लिए प्रेरणा दें।

अगर आप अपने आज को अपने बीते हुए कल से बेहतर बनाना चाहते हैं तो उस कल से सबक लीजिए। अगर आप चाहते हैं कि आपका भविष्य आपके आज से बेहतर हो तो आज ही आपको इसके लिए काम करना चाहिए।

– डॉ. स्पैंसर जॉनसन

14. एक स्टैंड लीजिए

स्टाइल के मामले में समय के साथ चलिए, लेकिन सिद्धांतों के मामले में एक चट्टान की तरह खड़े रहिए।

–थॉमस जैफरसन

अपने और दूसरों के लिए स्टैंड लेने की हिम्मत रखिए। अगर आपको विश्वास है कि आप जो कर रहे हैं, वह सही है तो उससे होने वाले प्रभावों से मत डरिए और अपने फैसलों के लिए खड़े रहना सीखिए।

बहुत कम लोग ऐसे होते हैं जिनमें सही बात के लिए खड़े होने की हिम्मत होती है। ज्यादातर लोग तो केवल बड़ी-बड़ी बातें ही करते हैं, लेकिन समय आने पर प्रभावशाली लोगों या भीड़ के साथ चल पड़ते हैं। कल्पना कीजिए कि आप मुसीबत में हों और कोई आपके साथ खड़ा होने को तैयार न हो, तो आप कैसा महसूस करेंगे ?

जब अधिकांश लोग अपने और दूसरों के लिए आवाज उठाएँगे तो इससे कमजोर लोगों को भी हिम्मत मिलेगी। तभी यह दुनिया सबके लिए समान बन पाएगी।

15. खुद से मुकाबला करें

अगर आप लगातार दूसरों के साथ मुकाबला करते रहेंगे तो आप दुखी होंगे, लेकिन यदि आप खुद से मुकाबला करेंगे तो आप बेहतर बनेंगे।

मेरा विश्वास है कि यह दुनिया एक स्टेज की तरह है और हम यहाँ अपना किरदार निभाने आए हैं। याद रखिए कि जीवन के इस नाटक में जो भी लोग आपको मिलते हैं, वे सभी अपना-अपना किरदार निभा रहे होते हैं। ये सभी किरदार निर्देशक ने पहले ही चुन लिए हैं। इसलिए हम एक-दूसरे के किरदार के लिए मुकाबला नहीं कर रहे। कुछ लोग आपको पसंद करते हैं, कुछ लोग आपको बेहतर बनाते हैं, कुछ आपको सबक सिखाते हैं और कुछ आपको दुख पहुँचाते हैं। यह सबकुछ कर्म के सिद्धांत के अनुसार होता है। आप बस यह विश्वास रखिए कि किसी का मुकाबला आपके साथ नहीं है। ये सारी काल्पनिक बातें सिर्फ आपके दिमाग में ही हैं।

जब हम हर बात में दूसरों के साथ मुकाबला करने लगते हैं तो हम गलत तरीकों का सहारा लेने लगते हैं। ईश्वर (जो कि इस नाटक का निर्देशक है) सर्वव्यापी है और इसलिए वह आपको हमेशा देख रहा है। जब भी आप किसी को बेवकूफ बनाते हैं, किसी से झूठ बोलते हैं या उसे दुख पहुँचाते हैं, तो ईश्वर आपको देख रहा होता है। आपके कर्म आपका पीछा करते रहेंगे, चाहे आप कहीं भी चले जाएँ या कुछ भी करें। जब आप किसी भी कीमत पर दूसरों को हराने का प्रयास करते हैं तो आप अपने लिए स्ट्रेस, परेशानी और 'नेगेटिव कर्मा' इकट्ठा करते हैं। तो इससे बेहतर है कि आप केवल अपने किरदार पर ध्यान दें और उसे बेहतर करने के बारे में हर रोज सोचें।

दूसरों के साथ मुकाबला करने में एक और परेशानी है। चाहे आप स्कूल में हों या कॉलेज में, परिवार के साथ हों या ऑफिस में, यह मुकाबला कभी खत्म नहीं होता और आप कभी जीत नहीं पाते। चाहे बात आपके लुक्स ही हो या आपके पैसे की, आपकी कारों की हो या आपके बैंक बैलेंस की, जब भी आप खुद की तुलना दूसरे से करेंगे तो आप दुखी ही होंगे, क्योंकि हमेशा आपको कोई न कोई ऐसा मिल ही जाएगा, जो आपसे बेहतर दिखता होगा, जिसका घर आपसे बड़ा होगा, जिसकी कार आपसे महँगी होगी या जिसकी सैलरी आपसे ज्यादा होगी। आप हमेशा एक कमी का अनुभव करेंगे और इस ईर्ष्या के कारण परेशान ही रहेंगे।

एक खुश और संतुष्ट जीवन जीने का केवल एक ही तरीका है। यह है, खुद से मुकाबला करना और हर रोज अपना बेहतरीन प्रदर्शन करने की कोशिश करना। ऐसा करते-करते आप बहुत अच्छे होते जाएँगे। धरती पर आपको जितना भी समय मिला है, आपको उसी में अपना बेहतरीन काम करके दिखाना है।

आपका जीवन ही दुनिया के लिए आपका संदेश है। कोशिश करें कि यह संदेश प्रेरणादायक हो।

आखिर में

यह किताब लिखना मेरे लिए एक जीवन बदलने वाला अनुभव था। इसकी शुरुआत तो एक साधारण डायरी की तरह हुई थी पर इसे लिखते-लिखते मुझे कई सारी चीजों का एहसास हुआ और जीवन के प्रति मेरा नजरिया भी बहुत बदला। अब सोचने पर ऐसा लगता है कि जैसे अभी तक तो मैं कुछ देख ही नहीं पा रही थी और अचानक ईश्वर ने मुझे सही रास्ता दिखा दिया।

अब मेरा मानना है कि हमारा जीवन एक अनुभव है, जिसको हम बेहतरीन बना सकते हैं और ऐसा करने पर ही हम खुश और संतुष्ट हो सकते हैं। अब मैं यह समझ गई हूँ कि मेरा जीवन कैसा होगा। यह पूरी

तरह से मेरे नियंत्रण में है। मुझे केवल मेहनत करनी है और वही करते रहना है जो मुझे सही लगता है। मुझे आसान और मजेदार लगने वाली चीजों से बचना है और सही चीजों का चुनाव करना है। मैं दिनभर जो भी फैसले लेती हूँ, उनका सीधा असर मेरे भविष्य पर पड़ता है।

सोच के इस बदलाव से मुझमें काफी हिम्मत आई और अब मैं किसी भी परेशानी को टालने के बजाय उसका सामना करने के लिए तैयार रहती हूँ। अब मैंने किसी भी तरह से बहाने बनाकर खुद को बेवकूफ बनाना छोड़ दिया है। अब मैंने फैसला लिया है कि अपने जीवन की दिशा मैं खुद तय करूँगी।

अपने जीवन में मुझे दो परेशानियाँ थीं- एक, मेरी फिटनेस और दूसरा, मेरा काम।

जब मेरी शादी हुई तो मैं बहुत ही स्लिम और फिट थी। पहली प्रेग्नेंसी में मेरा वजन करीब 20 किलो बढ़ गया था। मुझे पीसीओडी (पॉलीसिस्टिक ओवेरियन डिसीज) की परेशानी हो गई, जिसकी वजह से मेरे आत्मविश्वास में बहुत कमी आई। मुझे अनफिट होना बिल्कुल पसंद नहीं था। शॉपिंग करते हुए जब मुझे XXL कपड़े ढूँढ़ने पड़ते थे तो मुझे बहुत गुस्सा आता था। मुझे इन सब बातों से बहुत चिढ़ होती थी। लेकिन मैं इनको बदलने के लिए कुछ नहीं कर रही थी। कई सालों तक मैं केवल खुद से बहाने बनाती रही। मैं खुद से कहती थी कि अब इस उम्र में मैं कैसी दिखती हूँ इस बात से कोई फर्क नहीं पड़ता। पर सच्चाई यह थी कि मुझे इस बात से बहुत फर्क पड़ता था। मेरे बहाने केवल मेहनत और अनुशासन से बचने के मेरे बचकाने तरीके थे।

धीरे-धीरे मुझे इस सच्चाई का एहसास हुआ। मैं बहुत देर हो जाने से पहले ही कुछ करना चाहती थी। मैं यह नहीं चाहती थी कि सारा जीवन मैं यही सोचती रहूँ कि काश, मैंने समय पर कुछ ठीक किया होता! इसके बाद मैंने हेल्दी खाना और हर रोज कसरत करना शुरू किया। पिछले दस महीनों में मैंने अपना वजन पाँच किलो घटाया। अभी मेरी मंजिल बहुत दूर है, मैं खुद को मैराथॅन के लिए तैयार करना चाहती हूँ। लेकिन इस बार मैं न तो

हिम्मत हारूँगी और न खुद को बेवकूफ बनाऊँगी।

मैं हमेशा से लिखना चाहती थी और ऐसे लोगों की मदद करना चाहती थी जो अकेले और परेशान हैं। मैं पहले इस बारे में कुछ नहीं कर रही थी, क्योंकि मैं समझ ही नहीं पा रही थी कि मुझे क्या करना चाहिए। लेकिन फिर मैंने इस बारे में ध्यान से सोचा और अपनी इच्छा को पूरा करने के लिए अपने काम के प्रति पूरी तरह से समर्पित होकर रोज लिखना शुरू किया। सबसे पहले मैंने अपनी दिनचर्या को सुधारा। मैंने जल्दी सोना और सुबह पाँच बजे उठना शुरू किया। ऐसा करने से ही मैं अँग्रेजी में अपनी पहली किताब 'स्टॉप फूलिंग योरसेल्फ' पूरी कर पाई। किताब को प्रकाशक के पास भेजने के बाद मैंने किताब के ही नाम से एक फेसबुक पेज और ग्रुप शुरू किया। मैं इस पर रोज लिखती हूँ। मैंने युवा वर्ग की मदद के लिए एक संस्था स्थापित की है। यह पूरी किताब मेरी तरफ से युवाओं के लिए एक संदेश है। मैंने अपने करियर का एक दशक युवाओं के साथ बिताया है, इसलिए मैं उनके लिए कुछ करना चाहती हूँ। मैं उनके साथ काम करके उनके लिए एक बेहतर भविष्य और हम सबके लिए एक बेहतर दुनिया का निर्माण करना चाहती हूँ।

अपने जीवन का मूल्य हम अपनी कम उम्र में नहीं समझ पाते। कई युवा इस उम्र में गलतियाँ कर बैठते हैं और अपनी जिंदगी अपने ही हाथों बर्बाद कर देते हैं। मैंने महसूस किया है कि घर और बाहर, दोनों जगह ही ऐसे लोगों की बहुत कमी है जो युवाओं को समझें और उनके मार्गदर्शक बनें। इस बात को देखकर बहुत दुख होता है कि ऐसे लोगों की कमी की वजह से बहुत-से युवा अपने जीवन में भटक जाते हैं। लेकिन इस बात का एहसास उन्हें कई साल बाद होता है।

हमें अपने जीवन के हर स्वरूप में खुद को बेवकूफ बनाना छोड़ना होगा। हमारे लिए यह बात समझना बहुत जरूरी है कि यह जीवन, यह साल, यह महीना और यह दिन दुबारा लौटकर हमारे पास कभी नहीं आएगा। हमको अपना जीवन जीने का दूसरा मौका कभी नहीं मिलेगा। इसलिए बहुत जरूरी है कि हम इस जीवन में अपना बेहतरीन प्रदर्शन करें। मैं आपसे

कहना चाहती हूँ कि आप जीवन के प्रवाह में बहते ही न रहें, बल्कि सोच-समझकर उसका कंट्रोल अपने हाथों में लें। आपकी इस सोच से आपके जीवन में फोकस बढ़ेगा और आप यह देख पाएँगे कि आप कहाँ-कहाँ गलतियाँ करते हैं। यह आपको सही फैसले लेने में मदद करेगा और आप अपना जीवन अपने तरीके से जी पाएँगे।

अपने फैसलों पर डटे रहना और मन लगाकर अपना काम करना- यह लड़ाई हर रोज की है और दिन के आखिर में आप समझ जाएँगे कि आपने अपना बेस्ट दिया या नहीं।

संयुक्त राष्ट्र जनसंख्या फंड की विश्व जनसंख्या रिपोर्ट (2014) के अनुसार सन् 2020 तक भारत दुनिया का सबसे युवा देश बन जाएगा। भारत में 10 से 24 वर्ष की आयु के 35.6 करोड़ लोग होंगे और भारत की युवा जनसंख्या चीन (26.9 करोड़), इंडोनेशिया (6.7 करोड़) और अमेरिका (6.5 करोड़) से भी ज्यादा होगी। इस युवा जनसंख्या की अपनी जरूरतें, चुनौतियाँ और सपने हैं। हमारे देश और हमारे विश्व की सामाजिक और आर्थिक तरक्की इसी युवा जनसंख्या पर निर्भर है। हम शारीरिक, मानसिक और दिमागी तौर पर कमजोर युवाओं के साथ उ''वल भविष्य का सपना नहीं देख सकते। यदि हम एक बेहतर देश और दुनिया बनाना चाहते हैं तो इसके लिए सबसे पहले हमें अपने युवाओं को बेहतर बनाने पर काम करना होगा।

मैंने अपने जीवन का मकसद इसी काम को बना लिया है। मैंने यूथ रॉक्स फाउंडेशन के नाम से एक संस्था स्थापित की है, जिसमें हम युवाओं को साथ लेकर उनके लिए काम कर रहे हैं। इसके पीछे हमारी सोच यह है कि हर युवा को मार्गदर्शक मिलने ही चाहिए, जो स्कूल से लेकर नौकरी तक उसका साथ दें। हम लोग पूरी लगन के साथ एक ऐसा नेटवर्क बनाने की कोशिश कर रहे हैं, जिसमें स्कूल, कॉलेज और इसके बाहर से भी युवा हमारे साथ जुड़ सकेंगे और अपनी सफलताओं, असफलताओं और परेशानियों को दूसरे युवाओं के साथ बाँट सकेंगे। इन युवाओं को अलग-अलग क्षेत्र के विशेषज्ञ मार्गदर्शकों से भी जोड़ा जा रहा है। समाज के सभी

जरूरी भागीदार, जैसे कि युवा, शिक्षक, माता-पिता और दूसरे काम करने वाले लोग इस नेटवर्क का हिस्सा बन रहे हैं। यह एक ऐसा समाज है, जिसमें लोग एक-दूसरे का साथ देंगे और एक-दूसरे के उ''वल भविष्य की कामना करेंगे।

कई सरकारी और गैर सरकारी संगठनों को साथ में आकर इस मुद्दे पर काम करने की जरूरत है और मैं इस संस्था के रूप में अपना योगदान दे रही हूँ।